夏色四葉草

後日談 ～在那之後的她們～

作者 慣看春秋　插畫 四季

Contents

✽ 第1章 ✽

如星辰一般閃耀著

——妳是東雲家的一員，出色是理所當然的結果。

從有記憶以來，這就是自己最常聽見的告誡。不單只是課業成績、日常操行，甚至還包括各類社交禮儀、應對進退、大量的才藝課程等等。

平日自不用說，放學之後的家教課程早已習以為常，在如此緊鑼密鼓的時程安排下，光是要趕上進度就已經竭盡全力，更遑論收看電視節目或閒暇娛樂等同年齡朋友們所接觸的「日常」。

沒有共通話題、沒辦法融入朋友之間的圈子——當然，對父親而言，學生時期的人際關係似乎並不重要，步入社會之後的交際才是重中之重。

偶然坐在高級轎車內，從灰暗的窗戶向外望去，能看見在假日時出遊的一家人，露出慈祥表情的父母，以及孩子們快樂地綻放笑容的樣子。

——身為東雲家的一分子，隨時保持這一切就是妳的「責任」。

這也是父親時常提起的告誡。

一般的家庭中，總是會有所謂的「黑白臉」……無論是父親或是母親，總會有一個人扮演嚴厲一方的「黑臉」、另外一人則是適時地緩和氣氛的「白臉」。

遺憾的是，東雲家並不是一般的家庭。

父親本就嚴厲，但母親同樣十分強勢，甚至比起父親，母親才是那個主要的話事人。雖然能夠感受到父母愛著自己的心情，但與父母之間的互動，跟慈愛之類的詞彙確實扯不上關係。

在車內偶然一瞥，看見家人出遊的景象……似乎是一種遙不可及的奢望。

不只是因為父親的要求，更因為工作的緣故。記憶中的假日，就算偶而不需要上任何的才藝課，偌大的家裡也只有管家或是傭人，而非父母的身影。

傭人總是畢恭畢敬，深怕自己受到丁點委屈，但這反而讓難得的假日變得更加無趣。曾經試著要求傭人帶自己出門，換來的卻是「老爺不准」這樣的答案。

這樣子持續下去的生活……宛如被細心呵護、羽翼斑斕——卻困於牢籠之中，無法隨心所欲展翅高飛的籠中鳥。

如果只有自己獨自一人，想必會是十分寂寞的時光……好在，自己並不是只有一個人。

「——姊姊、姊姊！我想吃烤土司！」

「……巧、巧克力……」

綾乃和雫，是自己的妹妹們。和自己一樣屬於東雲家的一分子。

理所當然地，和自己背負著相同的期待……不，或許比起自己，她們所承受的比自己還要更多也說不一定。

正因為如此，雖然和兩位妹妹的年紀之間稍微差了一些，卻反而更加關心她們的想法以及情感。

似乎是從那個時候開始，自己就開始喜歡上料理了。

從最簡單的煎荷包蛋開始，雖然邊緣煎得焦黑，但綾乃還是一邊開心說著好吃一邊吃得乾乾淨淨；或者是第一次嘗試做餅乾的時候，不只形狀歪曲，過程中還不小心燙到手臂，但雫依然露出小小的微笑時。

每當這些時光來臨，對於自己而言就是最為幸福的時間。

……所以，想要守護這樣的關係，以及這樣可愛的妹妹們。

——妳是，東雲家的成員。

確實如此。

正因為是這樣，所以必須保持完美、保持形象、保持家族在外的威望與名聲。要竭盡全力地學習，才能夠配得上「東雲」的名號。

要背負著對應的責任，甚至要背負起比想像中更多的責任，這是從一開始，就早有覺悟的事情，就算那些事情不全都是自己喜歡的事物也一樣。毫無怨言。

因為……

「——我是東雲家的『長女』。」

這是東雲香澄，作為長女的驕傲，也是她為了守護兩位妹妹所展現的意志。

然而，就算是堅固耐用的彈簧，也會有疲乏的一天。

因為是長女，因為是姊姊所以默默忍受……但是偶爾，也會想要逃避那些壓得喘不過氣來的身分。

即便已經拿出最好的表現，也被視為理所當然；一旦有哪裡做得不夠好，肯定就會受到父親的責備。

……但是，因為是長女……不能只關注自己的事，還得注意兩個妹妹們才行……

時時刻刻注意周圍的情況，盡力展現出得體的表現。特別是躋身演藝圈之後，伴隨著更多的鎂光燈與話題關注，才更要小心翼翼，如履薄冰。

喀噠、喀噠。

只要踏錯一步，腳底下就是深不見底的深淵，在如此危險的環境中，維繫平衡的卻只是兩條細細的繩索，稍有不慎就會失足墜落。

即便是這樣，自己依然喜歡在演戲時的感覺，喜歡在鏡頭前綻放笑容，展現最好的自己。

就算不用看著對方，也能知道父母的表情肯定是充滿驕傲的樣子；對於綾乃和雫來說，自己肯定也能成為一個好榜樣，讓她們能夠看著自己的身影時，同時感到安心。

本該是這樣才對的。

隨著經驗累積，出演電影、廣告、登上商業雜誌……一切似乎都在軌道上，自己十分完美地達成了身為東雲家一員的使命。

光輝無比的未來，似乎就在不遠處，只要輕輕伸出手來，就能夠觸及，得到一切。

……好累。

……好難受。

明明……應該要是這樣才對的。

也許是有些疲累，也許是因為突然對目標產生一瞬間的微小遲疑。

或許是因為過於懂事，或許是對於要求的話語過度熟悉……

——所以，才會如此沉迷於甜言蜜語之中。

「——妳知道妳究竟在幹些什麼嗎？香澄！」

受到如此嚴厲的責罵，想想也是理所當然。

只不過是一個不小心，就輕易地把這麼多年努力累積的一切給摧毀。

就像是彈性疲乏，最終斷裂的彈簧一樣……再也無法回到原本的樣子。

……

……明明是長女，卻讓妹妹們看見了難堪的一面。

自己一定沒能成為她們的榜樣。

然而，彈性疲乏的並不是只有自己，綾乃，然後是雫……越是想要讓牢籠裡的鳥兒乖乖聽話，就越容易受到反抗。或許每個孩子面對父母說「這就是最適合你的道路」時，就越會想要為了賭氣而做出相反的行為。

當然，反抗是有代價的。

最終，她們都來到了「那個地方」——在當地的教堂服務，學習成為如同母親一樣完美的女性而努力，與此同時，也是一種懲罰。

……剛到的那幾天，無論是在教堂時、還是回到家裡之後，綾乃和雫的表情都令自己十分難受。身為姊姊的自己，又能夠做到什麼呢？

「香澄姊……那我就先回房間了喔。」

「香澄姊……晚安……」

「嗯，早點休息吧……」

在幾乎沒有什麼娛樂的鄉下，兩個妹妹們總是很早就會回到自己的房間，各自做著自己的事情。綾乃興許是跟朋友們抱怨這裡的生活，至於雫的話……雖然就是因為寫小說的緣故，連電腦都被父親砸壞，不過對雫而言，顯然這並不會阻止她繼續創作就是了。

從冰箱裡拿出一罐啤酒，對著空無一人的餐廳拉開瓶蓋環，氣泡的聲音頓時充斥整個空間，為寂寥的生活感帶來一絲刺激。

看了一眼扔在桌上的手機，盡可能地不要去想……既然來到這裡，那就更應該負起照顧好她們的責任。

自己的事情不過是其次，最重要的……果然還是妹妹們才對。

因為……自己可是長女啊，就是這種時候，才要挺身而出。

「……」

但是……是呢，只靠自己一個人的話，或許有些吃力。

雖然綾乃也好、雫也好，對於飯菜的味道都沒有太大意見……但從她們的眼神中，還是能夠發現對於菜色外觀的挑剔。

明明吃起來的味道也還行啊！

也還行……對吧？

猶豫了一會——其實也不是真的在猶豫，而是給自己多一點信心，香澄最終拿起了手機，打開通訊錄找到了那個在父親的公司中，業務能力也算數一數二強的優良人力派遣主管——

「——喂？不好意思，這麼晚還打擾妳，靜子小姐……」

命運的齒輪從那一刻開始，便確實地轉動著。

「能夠請妳，幫忙介紹一個非常厲害的家政過來幫忙嗎——」

✤✤

在那之後，時光流逝。

半年的時間說長不長，說短不短，明明月曆上面的格子還有一大堆，不知不覺卻已經將一張張過去的日子給撕下。

今天，也是一如往常。

清晨五點三十分，我的鬧鐘準時響起。

用最快的速度梳洗完畢，一邊把自己的頭髮紮成熟悉的小馬尾，一邊小心翼翼地下樓，生怕吵醒其他人——雖然對於這間無論是抗震抗火還是抗噪音都一應俱全的建築來說，可能深夜在客廳裡放聲高歌都不會有人聽見，不過這也是我的小習慣了。

我踏進廚房，還順手撿起某件不知道為什麼會扔在地板上的短夾克，從款式和上面殘留的些許香氣，看起來應該是綾乃的衣服。

重申一下，會這麼輕易認出對方的香水，並不是因為我是個變態，只表示我是個非常關心家庭成員的完美家政。

嗯，就是這樣。

不過為什麼這件衣服會這麼大剌剌地扔在這麼顯眼的地方啊？這幾位小姐是看準會

長跟會長夫人這段期間都不在國內會來個突擊檢查，所以十分乾脆地放飛自我了嗎！

開什麼玩笑，要是真的被撞見了，我該怎麼跟會長解釋啊？「這只是綾乃姊自己隨便亂丟」這樣的理由，雖然明明是正確答案，但我不覺得那個只要一談到自己的女兒，就會變成惡鬼的可怕男人會這麼輕易地相信這個說詞。

……扯遠了，不管怎麼說，早餐比起亂丟的外套還是重要多了。退一萬步想，至少這個亂丟的衣物只是件外套，而不是內衣之類更糟糕的東西——

站在原地環顧四周，每次看見都會想要再感嘆一遍。

跟在鄉下那間別墅比起來，現在居住的東雲家顯然是把所有的格局都放大了一倍，廚房內的食材跟調味料也齊全到曾讓我一度懷疑這裡並不是住家，而是某個三星級餐廳的廚房、或者是某個喜歡拿麵包夾住別人腦袋，朝著對方臉上大吼的某失控主廚家裡。

雖然之前聽香澄姊偶然提起，會長似乎真的有聘請過米其林三星主廚就是了……不愧是東雲家，財富限制了我對世界的想像。

打開瓦斯爐，讓熱量慢慢傳遞自鍋內，嫻熟地自冰箱中取出雞蛋、水果、培根，廚房中央的流理台上面擺著新鮮的生土司，是那種拿著刀切下去的時候可以明確感受到「超柔軟，這玩意超級新鮮」的程度。

打開紙袋包裝，咖啡豆的香氣撲面而來；把研磨機準備好，就算是全力運轉的情況下也不會吵醒屋內的其他人，讓我再次感嘆這間屋子的隔音能力。

如果是平常的話，通常來說最先起來的會是靜子小姐，早晨的咖啡有助於工作集中精神與思考。雖然我自己喝不太出來，但靜子對於使用的咖啡豆牌子時常給出好評。

不過呢……今天比較不一樣就是了。

「——哎呀，你這麼早就起來了嗎？」

伴隨打招呼的聲音，一道成熟而美麗的身影出現在門口。

「早安啊，香澄姊。」我抬起頭向對方說道：「再等一下，早餐就快好了。」

「每天都這麼麻煩你，真是辛苦啦。」

「不會，這也是『試煉』的其中一環嘛。」

「哼嗯——？」

香澄姊走到我的面前，雖然相隔著流理台的距離，但從這個角度，也能很好地將香澄姊上半身的樣子看得一清二楚。

「所以說，如果不是因為試煉的話，其實你不願意囉？」

「我才沒有這麼說……一大清早的，就不要欺負我了啦。」

「呵呵呵。」眼前的棕髮女子露出一抹笑容。「你的反應還是這麼可愛呢。」

「香澄姊才是，該不會其實是在緊張吧？」

「……！」

眼前的女子表情微微一怔，似乎有些驚訝。趁著這個空隙，我將準備好的烤土司，以及煎蛋和培根一同裝在盤子裡遞給對方。

「——來，香澄姊。不管怎麼說，只有吃飽才有力氣露出笑容喔。」

香澄呆愣愣地看著面前的早餐，過了一會才噗哧一笑。

「……是呢，確實是這樣呢。」她一邊說著，一邊拿起餐具。

「那麼，我就開動囉。」

——對著自己的父親、也就是東雲會長宣告，將會重回演藝圈的香澄姊，在那之後當然付出了非常多的努力。

在我因為試煉而重新跟她們住在同一屋簷下後，偶而在跟綾乃或是雫聊天時，也會提到香澄姊現在的狀況。

簡單來說，曾經一度淡出演藝圈的藝人想要回到原本的位置上，可以說是難如登天，何況是香澄姊這種狀況。

——不過，那可是香澄姊啊。

雖然根據本人所說，自己「已經有點年紀大了」，但是在接過幾個簡單的小拍攝之後，很快地，香澄姊就再度證明了，多年前以將近無人能敵的姿態稱霸演藝圈的實力，如今鋒利依舊。

年紀或許已經不是優勢，但是在這段時間裡，無論是迷惘也好、傷心難過也好……各式各樣的想法與經歷，讓香澄姊的「模樣」變得更加立體。

該怎麼說呢，雖然這段期間我並沒有親眼見識過，但從靜子小姐的口述中，在鎂光燈下的香澄姊，就像是「巨星」一樣。

我對此完全不曾懷疑。

畢竟，曾經偶然發現的雜誌也是……只不過是簡單望了一眼，就像是要被整個封面上的人給吸引住一樣。

如今的香澄姊，肯定會更加充滿魅力吧。不只是單純地運用機體優勢，更是駕駛員的純熟技巧將自身的美最大化地展現出來。

一邊想著，我的視線不經意地看了一眼香澄姊。

——今天的香澄姊，上半身穿著一件玫瑰褐色的高領羊毛上衣，搭配上黑色長裙以及一件淺灰色的大衣，強調身材曲線的上衣既不會過度緊繃，又很好地將香澄姊胸前的部位給襯托得顯眼無比——

……果、果然……不只是經驗與技術，單純的機體優勢也很重要嗎！我趕緊抓起一旁的冰開水喝了一口，讓自己的大腦稍微冷靜一下。

「快、快點準備一下吧！今天可不是能夠遲到的日子啊。」我說。

「說得也是呢。」香澄姊倒是挺快就將面前的早餐吃完，抓起包包走向玄關。

「對了——」走到一半時，她轉頭看向我。

「今天……就拜託你囉！」

之所以這麼早出門，是有原因的。

今天是香澄姊拍攝短劇的日子，地點距離家裡不遠，所以就連我這個前些時候才終於敢上路的駕駛新手來說，也是可以勉強掌握的短程路途。

小心翼翼地繫好安全帶，一邊深呼吸一邊檢查車子的狀況，心情忐忑地拉起手煞車，吞了口口水，抓緊方向盤的手似乎早就已經沾滿汗水——

「不用這麼緊張啦，就像之前教過你的那樣子就好囉。」
坐在副駕駛座的香澄姊像是看見迷路小孩那樣地露出苦笑。
「不行……才不能夠放輕鬆，畢竟我現在可是載著了不起的明星啊……！」
「才沒有這麼誇張啦。」
車輛慢慢滑出車庫。
「話、話說回來，這好像是我第一次到拍攝現場……今天要拍的是什麼呢？」
「今天要拍的段落是對手戲喔。」香澄姊回答。「我是飾演姊姊，跟另外一個女生一起，劇情是努力賺錢養家的姊姊，跟想要追逐夢想的妹妹吵架的橋段。」
「誒……總感覺由香澄姊來演這個角色的話，有點不太好想像呢。」
印象中的香澄姊，雖然偶而也會發脾氣、也會因為吃悶虧而獨自鬧彆扭……不過只要一提到「妹妹」的話，頓時就會變成既可靠又溫柔的長女。
「哈哈哈哈……我也是會很嚴厲的喔。」擺出驕傲的表情，雖然香澄姊可能覺得自己現在看上去很有威嚴，不過從我的角度看來只覺得非常可愛。
「不管怎麼說，香澄姊總是這麼可靠呢。」
「當然呀，我可是姊姊嘛。」

香澄姊說到這裡，表情突然有些黯淡下來。「雖然……有時候也會想要跟別人撒嬌就是了……」

「誒？香澄姊妳剛剛說了什麼嗎？」忙著避開車潮的我剛好沒聽清楚對方的呢喃。

「不，沒什麼喔。」香澄姊很快就再度擺出那副熟悉笑容。「今天就讓你大開眼界，看看我現在充滿魅力的樣子！」

「已經開始期待了呢。」

✤ ✤

拍攝地點是一間小型商場的一樓咖啡廳，當我們到達的時候，時間才八點左右，路上雖然有些行人，但整體上還是偏稀少。

打開車門，寒風從衣服之間的縫隙灌了進來，突如其來的寒意令我有些打顫。

「沒事吧？會很冷嗎？」

「不會，只是有點不習慣。」

……差點忘了，雖然現在已經是暮春時期，不過早上的溫差還是有點大，平常待在屋子裡面倒是沒注意，還好至少穿了件薄外套，不至於落到感冒的下場。

今天的我只是做為外部參與者，很快就有一名穿著幹練的女性小跑過來：「早安～香澄妳來得剛剛好！」

「您好，今天也多多關照了。」香澄向對方致意，我也同樣向對方打招呼。

「我記得你是……啊，香澄她們家的家政對吧？」

「是的，今天我會在一旁觀摩，也請多多關照了。」

「沒問題，你先到旁邊休息一下吧。」幹練的女性，也是香澄姊的經紀人這麼說道：「香澄，等會化完妝之後就要上場囉，台詞的部分沒問題吧？」

「是的，隨時都可以。」

看著香澄姊跟經紀人快步離去，我輕輕鬆了一口氣，轉而倚靠在外面的欄杆上，望向馬路上來來往往的車潮。

在拍攝前貌似還有一段時間，想要放鬆下來稍微發個呆，卻又不自覺地擔心起家裡的狀況。

畢竟這麼早就要跟著香澄姊一起出門，最後只好把早餐先準備一部分，剩下的就讓屋裡的其他人自行解決吧。

再怎麼說，只是單純地把果汁從冰箱裡面拿出來，或者是用熱水沖泡磨好的咖啡豆這種事情，應該不會出什麼差錯……應該不會吧？

靜子小姐，可不要讓我太驚訝啊。

「你……喔，原來是你。」

正當我還在擔心會不會回到家時，發現廚房突然爆炸或者變成化學實驗現場的時候，一個女生的聲音傳了過來。

「嗯？您是……」

「失禮了，我是東雲集團旗下的員工。」來者是一個將頭髮紮成馬尾的年輕女性。

「我跟靜子小姐是同個部門的。」她補充。

「咦？是、是這樣嗎？初次見面……呃，同部門的話，我想應該或多或少有聽過我的傳聞？」

「是的，靜子小姐說你是『東雲家的家政小白臉（預定）』。」

「……」

——靜子小姐，妳到底都是怎麼介紹我的啊？

不覺得總是用非常先入為主的觀念來介紹嗎？比如什麼「下半身怪物」啦、「除了雞X之外完全沒有死角的男人」之類的，我的名聲到底因為妳的緣故變成什麼樣子了啊？
「咳咳，妳也是來觀察香澄姊……香澄小姐的嗎？」
我很努力地忍住不斷跳動的眉毛，一邊詢問著。
「是，雖然並不是我的主要工作，不過剛好有空就來支援了。」那名女同事說道：「不過，今天跟香澄小姐一同合作的演員……」
「演員有什麼問題嗎？」
「不，只是……我想由你直接看過會比較容易解釋。」
對方將手上的平板遞了過來，我在簡單滑過之後驚呼出聲。
「這不是……最近很有名的年輕新星嗎？」
「是的。」對方點點頭。「年紀輕輕、充滿實力與拚勁，出道以來已經獲得了不少機會，同樣繳出十分優異的成績，換言之……」
她稍微停頓之後又繼續說道：「……就跟以前的香澄小姐一樣。」
「……」
我一時間不知道該說些什麼，只能胡亂地回答。「總之……香澄姊她肯定有辦法的啦，她才不是遇到這種事情就會退縮的人。」

「我也如此希望……不，如果是那樣的話就太好了。」

正當我們閒聊時，室內傳來人聲喧鬧。

拍攝，即將準備開始。

✽✽

「——說了多少遍，妳就是太天真了！」

——某個悠閒的假日午後，本來只有輕音樂在空間裡迴盪的咖啡廳，突然闖入女子的大聲責備。

突如其來的聲響，讓周遭的人們不禁望向聲音來源，又很快別開視線。

因為用手拍打桌子，導致杯中的咖啡灑出些許，即便這樣也未能熄滅說話女子的憤怒。

「為什麼……為什麼要這麼輕易地放棄那個工作？那可是人人稱羨的美好生活啊！」

「那只不過是對姊姊來說而已吧。」

「妳說什麼！」

飾演姊姊的香澄在聽見對方的回答後，顯然變得更加怒不可遏。

「夢想不會給妳帶來穩定的收入，也不會解決房租、水電的問題。妳每次都在說要追夢，但妳有想過以後怎麼生活嗎？」

「那麼姊姊呢？難道姊姊就只想要待在安穩的生活裡，只有金錢才是唯一衡量生命的價值，完全不想做想要的工作或是事情嗎？」

「我當然也……想要啊！」香澄姊的眼角噙淚，用著顫抖卻又不容反駁的語氣回答。

「但那只是夢想，總有一天……我們都要從夢裡醒來。我當然也有過夢想，但那終究不是現實！」

「至少在那之前，我還不想這麼輕易放棄。」

「妳為什麼就是不懂……」

「我不相信生存就是全部。」

坐在香澄對面的年輕少女站了起來，雙眸之中是堅定的神情。

「我不想像妳一樣，放棄了自己的夢想。我寧可去冒險，去跌倒，也不想一輩子後悔。」

說完，少女便逕自離開，香澄想要伸出手攔住對方，卻又無力地停在半空中。

「——好，卡！」

隨著導演雄厚的嗓音喊出，原本寂靜的空氣頓時變得熱鬧起來。

「辛苦了～剛才拍得不錯喔！」

「氣氛也很到位，真是太棒了！」

「沒想到這一段竟然能夠一次搞定，香澄小姐的表現真厲害，那個淚水出來的時機真是完美呢！」

……

「真厲害啊，每次看到有人演流淚的戲分時，都會很好奇到底是怎樣瞬間讓自己流淚的。」

「你的感想竟然是這個嗎。」

位在拍攝現場稍微一點距離的地方，我正和靜子小姐的同事一起坐在旁邊的位置上喝著咖啡。在帶有寒意的天氣裡來上一杯熱拿鐵，整個身軀也變得暖呼呼的，令人感到舒適。

說起來，這種天氣也很適合窩在棉被裡，一邊看著漫畫一邊喝著熱可可……總覺得腦袋裡面，可以直接浮現雫這麼做的畫面。過於真實的感覺，讓我不禁笑了出來。

望著正在討論的導演與香澄姊，正好也看見另外一名演員——此時她正露出一抹好看的笑容，和應該是化妝助理的人聊天。

記得這個演員的年紀跟自己好像差不多的樣子……真厲害啊，在這種年紀就能夠有如此高的成就。與此同時，我身上仍然背著大筆的債務，還得每天被東雲會長設下的不合理「試煉」給追著跑……

果然沒有比較，就沒有傷害。

「看來香澄小姐的狀況還不錯。」

「看起來是這樣子沒錯。」

「你似乎並不意外？」

「因為那可是香澄姊啊。」我笑著回答。「無論何時，都是可靠的長女喔。」

「……確實如此呢。」

我對面的馬尾上班族將視線落到那個新人女演員上。

「話說回來，雖然有不少經驗，不過那個女生在面對香澄小姐的時候，似乎完全不會緊張呢。」

「被妳這麼一說，感覺她在跟香澄姊演對手戲的時候，氣勢也完全沒有落於下風呢……這就是初生之犢不畏虎的感覺嗎？」

「我反而覺得是一種……游刃有餘？畢竟香澄小姐也有一段時間沒有演戲了。」

「妳是說『既然有空窗期，那就不必把妳當前輩了』的感覺嗎？」

「肯定沒有這麼尖銳，不過在演藝圈，對自己充滿自信也不算壞事呢。」

「自信嗎……」

「要是我也能像她那樣就好了。」

「工作中會遇到這種面對超壓迫的狀況嗎？客戶之類的？」

「不，是會長。」

「啊……確實。」第一次在道場裡學習劍道的時候，殺氣騰騰地抓著竹劍往我腦袋砍來的畫面還歷歷在目。

不過，自信……啊。

「這麼看來，今天的拍攝行程應該是不必擔心了。」將杯中的咖啡一飲而盡，馬尾女子向我點點頭。「那麼我就先離開，香澄小姐後續就麻煩你繼續觀察了。」

「喂，能不能別留這種像是在立旗的留言啊。」

雖然這麼說，我還是揮揮手跟對方告別，接著再度將視線放在拍攝現場。

除了剛才那一場爭執的戲之外，似乎還有一些兩個角色各自的戲分要拍，雖然表定時間是在中午之前會結束，不過看這個架勢，也許會比想像中還要漫長。

在聚光燈的照射下，香澄姊的表情顯得更加專注。

不過，果然有些不一樣。

拍攝中的氣場自然會跟平常相處時不同，但該怎麼說呢——總覺得，跟在那份雜誌上看見的香澄姊，還是有些差別。

是因為時間嗎？是因為這段空窗期的緣故，讓香澄姊變得沒有這麼閃耀了嗎？

……不，並不是這個原因。

腦袋裡面好像快要浮現出答案，但還是欠缺一點關鍵線索。

繼續鑽牛角尖無濟於事，我只好先暫且放下心中的疑問，繼續看著拍攝進行。

——這次的短劇，主題是「夢想與現實之間的拉扯」。

務實的姊姊，以及想要追逐夢想的妹妹。

一方是為了各種原因，而不得不妥協，另外一個則是無論如何，也想要持續追夢。

假如是他人的事，人們當然會毫不負責地讚嘆追逐夢想的美好，說著不要讓現實綑綁住想法，要勇於追夢之類的話語……當然，這並沒有錯。

這並沒有錯……只是並非對每個人都同樣適用。

因為「現實」是確切存在的。

義無反顧地追逐目標，那當然是值得歌頌的勇氣——但是在那之後呢？

如果失敗怎麼辦？

如果事情終究無法盡如人意怎麼辦？

如果讓自己變得進退兩難、舉步維艱又該怎麼辦？

正因為我們都希望當走到死胡同的時候，還有回頭路可以選……所以我們才會不斷地掙扎、不斷地苦惱著該如何選擇。

在遊戲裡面，可以一次又一次地重新讀檔，甚至是查詢攻略，找到自己最喜歡的那個結局。可惜人生並不是「遊戲」，錯過就是錯過。

那麼，只要有能夠重新選擇的環境，就會變得幸福嗎？

答案也是否定的，理由很簡單——現在，我的面前就有一個活生生的例子……不，不只是一個，而是三個。

家家有本難念的經，每個人都有自己的難處，以及與生俱來，不一定能夠擺脫的「責任」。

……

……原來是這樣嗎。

我再度看向香澄姊。

正在拍攝的她，仍舊用著專業的態度，面對著所有人。

但是……從剛剛開始就時不時感受到的違和感，直到剛才都還沒有注意到的地方。

「──我，有一個夢想！」

飾演妹妹的那個年輕少女如此朝著攝影機大喊，她的臉上充滿著勇氣、不服輸的精神深植在場每個人的心中。

在這樣的氣氛下，令人不知不覺想要為她加油打氣。就算可能是違心之論，也想要告訴她「妳可以去義無反顧地追逐夢想」──

──而那，也是香澄姊渴望的事情，不是嗎？

因為是長女、因為是東雲家的子女……太多的理所當然壓在香澄姊身上，也讓她理所當然地肩負起這些責任，而且幾乎從未失誤過。

明明同樣嚮往那個位置，想要在那個位置說出一樣的話，卻因為「身分」的關係而無法暢所欲言，甚至是要反對那個無比期望的想法。

這種彆扭感，正是造成剛剛那種說不上違和感的原因。就像是在參與辯論比賽，無論如何都難以對自己代表的立場感到認同，卻還是得為其發表言論擁護時，那種彷彿得面不改色地被洗完髒拖把的水潑得一身濕的感覺，令人感覺不快。

在所有人都沒有注意到的情況下——與演技、外表之類的原因毫無關係，只是單純地對那個立場產生共鳴，無意識地讓對方的氣場，壓過了屬於香澄姊的光芒。

大家都很討厭正論，即便正論根本就不是正論，也只是一種生存方式而已。

「……」

香澄姊會注意到嗎？此時此刻的片場，已經在沒有任何人介入，或者是刻意的引導下，成為自己的「客場」了。

……不，不如說要是沒注意到的話，那就不是香澄姊了。

即便如此，我在香澄姊的臉上卻沒有看見任何煩躁的表情。

一次都沒有。

這就是……

「專業，嗎……」我如此輕聲喃喃。

✤

比預想中還要晚了一些，不過總算是在十二點半的時候，結束了今天的拍攝。

「辛苦大家了～」

「辛苦啦～大家表現都很棒喔！」

……

「香澄小姐，需要送妳回去嗎？」

「咦？啊，沒關係，有人在等我呢。」

「啊，是那個男生吧──我知道了，回去的路上小心點喔！」

「是，今天也多謝您了。」

我從位子上起身，朝著香澄姊的方向揮了揮手，注意到我的香澄姊像是叼著飛盤的小狗雀躍地跑回主人身旁那樣，用著小跑步趕了過來──明明是可靠的大姊角色，但有時候像小動物的這種地方，簡直過於可愛到讓人差點昏厥呢。

「抱歉～讓你等這麼久。」

「不會，很難得能看見拍攝片場呢。」

「是第一次嗎？」

「如果不是限定香澄姊的話，以前還有一次。不過那次只是湊巧經過。」

「嘿——」

走出室內，陡然一冷的溫度讓我抓緊了身上的外套。

「那個時候，旁邊的助理還禁止我們這些路過的人拍照呢。」

「畢竟都會擔心劇情被暴雷之類的嘛。」

「我想也是。」

坐上車，發動引擎，準備回到熟悉的地方。

「啊……午餐的部分……香澄姊想在外面吃嗎？」

「家裡還有東西嗎？」

「東西肯定有，不過這個時間……靜子小姐的話自然不用說，綾乃姊跟雫應該都不在家。」

「誒，這樣子煮飯會不會太麻煩？不然在外面吃就好了。」

「嗯……也不會啦，弄點簡單的菜色填填肚子就好，可以嗎，香澄姊？」

「沒問題，剛才劇組也有發些小點心之類的，所以沒想像中這麼餓呢。」

「那就趕快回去吧。」

回到家中，果然靜悄悄的。我拿著衣架把外套掛起，撩起袖子走進廚房。

「香澄姊，簡單的義大利麵可以嗎？」

「嗯嗯，你方便就好！」

「了解～」

既然香澄姊都這麼說，我打開冰箱簡單確認一下剩餘的食材，前幾天吃的豬里肌似乎還有剩，那就剛好可以煎點肉了。

平常的話還會試著從頭開始做起……不過今天時間比較緊迫，就直接使用罐頭醬料作為代替，自一旁的櫃子裡拿出青醬罐頭，同時燒開水準備將義大利麵煮熟。

對於剛開始試著下廚的人來說，義大利麵也是一個很好的選擇。不過在煮義大利麵這件事情上，其實也有不少小訣竅。

比如水跟鹽的比例，盡量抓在一公升的水加上七公克的鹽左右，而且使用細鹽而非粗鹽，這樣比較容易融入麵條中。

此外，麵條也不需要煮到全熟，而是煮到七、八分熟左右時，再跟醬料拌勻翻炒，這樣完成的時候麵條正好處於最佳的狀態。有些人會說在煮麵時需要加入橄欖油，不過那是針對存放許久的麵條而言，新鮮的義大利麵其實並不需要這麼做……

「咦……原來義大利麵也有這麼多講究啊。」

「當然，越注意小細節，就越能讓大家吃到好吃的……咦、咦？香澄姊？」

「嗨～」不知何時，香澄姊竟然跑到我的旁邊，充滿興趣地望著我烹飪的樣子。

「讓我在旁邊稍微觀摩一下吧～」

「誒，是可以啦……」

反正也不是什麼獨門絕技，需要遮遮掩掩不讓人知道，香澄姊對於料理很有興趣，之前在鄉下時也時常跟我請教。

「不過，香澄姊不多休息一下嗎？今天拍攝很累吧。」

「沒關係，人在碰到感興趣的事物時都會充滿精神嘛。」

「哈哈哈，這我倒是不否認。」

撈出煮好的麵條，跟青醬一同拌炒，之前煮麵時事先爆香好的蒜頭與炒洋蔥跟麵條與醬汁融合，開始散發出誘人的香氣。另外一邊的平底鍋開始煎起豬排，金黃色的肉質發出油脂的滋滋聲響，光是聽覺就已經先飽餐一頓。

「像這樣子一次顧好幾個鍋子，不會忙不過來嗎？」

「嗯……剛開始一定會手忙腳亂啦，不過做久了就會習慣。」我熟練地將豬排翻面，一邊回想著。「而且，應該算是時間安排的一種嗎……」

「咦？」

「嗯……每一種食材需要烹調的時間都不一樣，對吧？但是這一段時間裡，如果只做這一件事，不覺得有些浪費嗎？」

「好像是這樣沒錯……而且等別的食材準備好，最早處理完畢的食材都已經涼掉了！」

「香澄姊說得對，反應很快呢。」我將豬排夾起，並和義大利麵一同裝盤。

「所以，烹調的過程肯定會有需要同時進行的時候，這都是為了能夠將最好的料理端上桌需要的練習喔。」

我將盤子遞給香澄姊。

「今天特餐，香蒜青醬豬排義大利麵——請享用。」

「——嗯！好好吃……」

將午餐準備好，我和香澄姊兩人坐在餐廳享用美味的義大利麵。

香澄姊動作輕巧地用叉子捲起義大利麵送入口中，不一會便發出十分滿足的聲音。

「有合妳的胃口嗎？」

「只要是你煮的東西，感覺吃多少都不會膩呢。」

「嘿嘿，多謝誇獎。」

聽說廚師只要看見客人滿足的表情，自己就會跟著變得幸福起來。我偷偷用眼角餘光瞥了一眼香澄姊，只見她正用著櫻桃般小巧粉嫩的嘴唇，輕輕朝著冒著熱氣的麵條呼呼地吹著，微微噘起的嘴此時充滿水分的光澤，讓我不禁多看了兩眼。

雖然才說剛剛拍攝途中吃過一點小點心，不過香澄姊還是很快就將面前的食物吃完，一臉幸福地翻閱桌上的雜誌。

「盤子我來洗就好，香澄姊想要喝點什麼嗎？」

「嗯……咖啡就好，謝謝你囉。」

「沒問題。」

過了一會，我重新端著兩杯咖啡回到座位。

「總覺得今天一直在喝咖啡呢。」

「是啊，而且拍攝的地點也在咖啡廳，感覺整個腦袋都是咖啡的香氣。」

香澄姊輕啜一口之後放下杯子，接著露出一抹好奇的神情問道：

「話說，今天……你覺得我的表現怎麼樣？」

「誒？嗯……」我稍微偏著頭思考了一會才回答：「單純看的話當然是覺得很棒。」

「但是？」

「但是，總覺得香澄姊……有點放不太開的感覺？」

「……你啊，難道有在拍攝現場工作過的經驗嗎？」

「不，怎麼可能，我都說了這算是第一次見到拍攝現場啊。」

「但你在這部分總是會特別敏銳呢。」

「雖然沒在拍攝現場工作過，不過以前有在心理醫師診所打工的經驗就是了。」

「咦？還有這種事？」香澄姊露出一抹壞笑。「那你猜猜看我現在正想些什麼～」

「啊，這可是心理醫師最討厭的地方呢，大家都覺得學了心理學就可以猜到別人內心想法之類的。」

「哈哈哈。」

雙手握著馬克杯，感受著上面的溫度，香澄姊低垂著眼，過了一會才繼續說道：

「今天啊……感覺我沒有很好地發揮自己應該有的實力。」

「……」果然……香澄姊自己有注意到嗎？

「你知道嗎？一流的演員啊，不會因為飾演的角色跟自己的價值觀、想法等等有所衝突，就無法展現角色或者是演員自身的魅力。」

「厲害的演員，不僅僅只是『演誰像誰』，更是『演誰就是誰』……將角色的形象根深蒂固地在他人的心中滋長，讓人們為演員的演繹而感到認同、感同身受。無論是連續劇裡令人厭惡的婆婆，還是楚楚可憐的少女，在那個當下，在攝影機前的，只能是那個角色，而不是那個演員。」

「……那是非常困難的事情呢。」

「我知道，雖然知道……」香澄姊露出一抹苦笑。「但是啊……今天跟那個孩子的對手戲，明明我應該要站穩自己的立場，用盡全力去演繹屬於我的角色。但看到那個孩子的模樣，以及她的吶喊——令我感到遲疑，以及……不知不覺中，我在拍攝的途中竟然『贊同』那樣的主張。」

香澄姊撥了撥因為重力而垂下的長髮，輕聲地喃喃。

「我還……遠遠不足呢……」

……

「——不是那樣的。」

「咦？」

聽見我的反駁，香澄姊下意識地抬起頭來。雖然平常肯定不會這麼做，但我此時顧不上這麼多，起身走到香澄姊身邊，伸出手來輕輕地捧著她的臉頰。

「咦、咦？」

「香澄姊！」我說道：「我啊——覺得在雜誌上的香澄姊非常漂亮！」

「非常、非常耀眼，而且整個雜誌裡的其他女生，沒有任何一個人比得上香澄姊！」

「誒？啊……謝謝？」

「可是！」我深吸一口氣，接著繼續說了下去：「雜誌上的香澄姊，難道就是在扮演什麼角色嗎？」

「這……」

「雜誌拍攝頂多只會指定動作跟表情，沒錯吧！」我朝著香澄姊露出笑容。「但是，在拍攝的過程中，要以什麼樣的身分擺出這樣的姿勢與表情，這些不都是由香澄姊自己來選擇詮釋的嗎？」

「既然這樣，這不就代表著——香澄姊自己本身，遠比他人所設定好的角色之類的，還要更加耀眼，不是嗎！」

「不、不能這樣子一概而論啦——」

「至少我是這麼認為的！」我再次強調。「確實，角色之類的也很重要，但是，那終究是在劇本上設計出的樣貌。真正為其賦予靈魂的人，用著自己的親身經歷與想法展現光芒的人——是妳啊，香澄姊。」

「我覺得——這樣的香澄姊，比任何的明星演員，還要更加充滿魅力！」

「……！」

似乎是被我的詭辯給震懾住，香澄姊的臉上出現一抹茫然，像是原本運轉到一半突然當機的電腦一樣……不過，雖說是詭辯，卻也是我的真實想法。

香澄姊不應該是被什麼「身分」束縛住的人。
「……你總是，能夠在最好的時機說出最適合的話呢。」
香澄姊同樣抬起手，輕輕握住我的手掌。
「不過呢……你剛才說的話很有說服力，讓我打起精神了，謝謝你。」
「不客氣，這是我應該做的。」
「話說回來……」香澄姊的視線突然往下，露出一抹微妙的促狹笑容說道：
「——這裡……好像也變得挺有精神了呢。」
「咦？」
順著視線一起往下看，我這才發現自己的下半身……不知何時褲頭的地方已經鼓起，呈現某種生理上很正常、但在這種情況下非常不正常的情況。
「不、不是的！這、這個是……對！咖啡因！咖啡因攝取太多所以才會……」
我有些驚慌地想要抽回手，但香澄姊卻牢牢地抓著，不讓我輕易放開。
「剛才你說的這些話，姊姊我雖然很高興，但是……你們男人總是這樣，嘴巴說得很甜，心裡卻不知道是不是這樣想的呢。」
「我拿靜子小姐的年終發誓，我剛剛說的一切都是真心的！」

「是嗎～這樣的話……」

下一秒，香澄姊的臉驀地往我這裡靠近。

「香——唔！」

接著，她的嘴唇直接將我的唇堵起，殘留在口中的咖啡香氣，混合著香澄姊身上的香水氣味一同竄入鼻腔，直奔大腦。酥麻的感覺讓我有些失神，差點沒能站穩，身軀輕輕地靠上香澄姊，直接感受到她胸前那兩團柔軟至極的棉花，彷彿要將人包裹住的軟綿觸感。

「你剛剛說我很有魅力，對嗎？」香澄姊在我的耳邊細聲低語，輕柔的吐氣聲令我陷入其中難以自拔。

「那麼……就想辦法證明給我看……好嗎？」

「我……」

最後一絲理智告訴我現在可能不是最好的時機，但當我還試圖掙扎的時候，香澄姊卻再度將嘴唇貼了上來——而這次，還多了內部的蠕動與吸吮。

幾乎要將我的呼吸全部奪走，直到差點窒息才終於分開。微微牽引的口水絲在光線照射下，誘發著更加色情的光澤。

「吶……」

她看著我，如同惡魔般做出令人無法拒絕的邀請。

「——我們，到床上吧……♡」

簡單的一句話，卻將我的理智徹底擊潰。

「……哈啊……哈啊……」

腦袋昏昏沉沉的，雖然是這麼說……不過從另一個角度來講的話，反而格外清醒。

房間的窗簾被拉了起來，只有些微光線自縫隙中透出，昏暗的光線與淫靡的氣息充斥整個空間，讓人更加感到虛浮迷離。

香澄姊一邊吻著我，一邊輕輕拉著我的手在她的身上遊走，手指末端清楚地感受著滑嫩的肌膚，香水、些微的汗水氣味全部混雜在一起，更進一步刺激著全身的感官。

揉著香澄姊那對簡直暴力過頭的胸部，興奮的我試圖將她身上的衣物褪下，不過或許是角度問題，試了幾次都沒能成功。看到我的樣子，香澄姊一邊發出喘息，一邊主動地將身上的衣服脫下。

很快地，我的眼前就剩下一絲未掛的完美胴體。

「呵呵……這裡，好像漲得很痛苦呢。」

香澄姊倒在床鋪上，纖細的手指輕輕撫過前端，直接接觸時並沒有覺得刺痛，反而是因為稍微潤滑後感到一股快感。

「唔……哈啊……」

幾分鐘前，還津津有味地吃著義大利麵的那張小嘴——此時正貪婪地索求著，想要更多。

從我這裡的角度，正好能夠看見香澄姊微微抬起頭，視線由下至上的畫面。眼神之中帶著的某種臣服感，讓我變得更加興奮。

「呼……呼啊……變、變得更大了呢……」

滋滋……滋嚕嚕……安靜的房間內，頓時被吞嚥與吸吮聲填滿，吞吐之間的不斷交替，以及滑順的某種觸感不斷纏繞，如同蛇一般想要將我包覆起來。

就算是再怎麼厲害的耐久達人，也難以在這樣的攻勢下堅持住。

滋嚕……滋嚕嚕……

「……唔唔、唔嗯嗯——」

又過了一會，感受到口腔內的細微變化，香澄姊緊緊地吸著，像是要將一切給吸出來一樣地，同時舌頭還在內部不斷地劃著圈，雙重的刺激之下讓我的腳不禁一軟。

「嗯哼哼……多謝款待……」

隨著將口中的液體吞嚥下去，香澄姊十分色情地伸出舌頭舔了一下嘴角。

至於我則是因為一時間站不起來，稍稍跌坐在床鋪邊緣。

「哼哼……你先等我一下喔。」

「誒、誒？」

當我還搞不清楚香澄姊想要幹嘛的時候，她卻逕自走入更衣間——過了一會，又再度換了一身衣服出來。

明明才剛把衣服脫掉，卻又穿上另外一套衣服感覺有點多此一舉，但那件衣服的造型卻反而有種異樣的魅力，讓我頓時提起了精神。

那是修女服——而且不是之前看到的那種款式，是更加暴露、更加色情的版本。胸口的位置並沒有遮起，反而是讓那一對白皙又渾圓的胸部自布料中彈出，而且這件服裝顯然只保留上半身的造型，下半身依舊是一絲不掛。

「接下來……這邊也拜託了♡」

「……好。」

穿上修女服的香澄姊並不是面對我——而是轉過身去，同時伸出手指慢慢地將下半身的某個部分撐了開來——隨著緩緩張開的地方，可以清晰看見還沾連成絲的汁液，以及緩緩地一張一合的樣子。

我似乎沒有拒絕的空間，也沒有拒絕的理由。手指輕輕扶著，探索著洞口，對準之後——慢慢深入其中。

「嗯啊——！哈啊、哈啊……」

「唔嗯、哈嗯……」

滋噗、滋噗、滋啪……

肉體與肉體之間的碰撞聲慢慢加快，一次又一次，隨著動作傳來的呻吟也越來越放縱。激烈運動帶來的汗珠滴落，濕潤的聲響縈繞在房內，只是單純地享受著五官所帶來的快感。

香澄姊因為姿勢的關係，所以沒有太多空間可以閃躲。我不斷地擺動著腰部，同時手掌也不安分地揉著她的胸部，每一次的動作似乎都引來她的嬌喘……而這令我的動作變得更加激烈。

「哈啊、哈啊、哈啊——再、再給我更多……嗯啊！」

「香、香澄姊，我……」

雖然已經使盡全力，但香澄姊似乎還不夠滿足，只見她高高揚起頭顱，接著轉了過來，在我的耳邊小聲低語。

「——吶，想像一下，你現在……可是正在跟現任女藝人一起做喔……」

「怎麼樣，我的身體……每天在鎂光燈下展現的這副身體……嘗起來的感覺如何呢？」

「……！！」

隨著我身上的變化，香澄姊的身軀也跟著猛地一顫。不過香澄姊並沒有退縮，反而是露出了更加色情的笑容，並加速了喘息聲：

「嗯啊——在體內變大……了呢♡」

「啊——真是的，接下來會怎麼樣我可不管了喔，香澄姊！」

隨著越來越頻繁，越來越用力的碰撞，被既溫暖又濕潤的觸感緊緊包覆，透過末端的觸感，能夠清楚地感受到內壁的皺褶。只是持續不斷地反覆進出，甚至已經不是我主

動擺動身軀，而是如同被吸入般地尋求著那股包覆感。

感覺……快要到極限了……

「香澄姊……我……快要……」

「嗯……來吧，把我的身體，把我的體內，全——部都用你的來填滿吧。」

既然都這麼說了，這就是最後衝刺——

「啊啊、哈啊啊、嗯哈啊啊啊啊——」

「哈啊、哈啊……哈啊……」

我感受著陰莖抵住子宮深處，不斷往內注入白濁色的液體。

我與香澄姊的身軀緊緊纏繞在一起，她貪婪地索求著我的嘴唇，而我同樣索求著她的一切。

……

就這樣子過了好一會後，我們才終於分開。

「……香澄姊。」

「嗯？」

「妳是不是有點害怕？」

明明是比我還要大的姊姊，此時卻像個孩子般地在我的懷中蜷成一團，好聞的味道自她的長髮中幽幽飄來。聽見我的疑問，香澄姊只是稍稍偏頭，露出一抹無奈的表情。

「這都被你猜到了嗎。」

「只是有這種感覺而已。」

「……嗯，該怎麼說呢……」

香澄姊皺著眉頭思考著該如何表達，但我只覺得蹙著眉的香澄姊還是很好看，伸出手輕輕將她的眉頭抹開。

「其實……今天在拍攝的時候，我也這麼問過自己。」

「雖然成為藝人是我的夢想，是我想要竭盡全力也要完成的事情……但是，就像台詞說的一樣，我也害怕著失敗的後果。」

「但是，香澄姊不會選擇會長為妳安排的路，對嗎？」

「嗯，因為我已經下定決心了……自從認識你之後，我就決定要踏上這條道路了。」

「如果是這樣的話，就很簡單了不是嗎？」

「誒？」

「——因為，這是香澄姊的夢想，以及妳喜歡的生活啊。就像是戲劇裡面的角色一樣，為了夢想而不斷努力，不向現實妥協、也不是無知地橫衝直撞……這樣子努力找到平衡點的話，不就是最好的生活嗎？」

「可是……我真的可以嗎？」

香澄姊抬起頭來，與我四目相對。

「身為長女的我……背負著責任的我……真的能夠如此大膽地前進嗎？」

「一定可以的。」我回答。

「想要將事情做好、追著喜歡的事物、時時刻刻注意周圍的情況……在我眼中，這麼可靠的香澄姊……毫無疑問，就是最棒的樣子。」

「如果害怕的話也沒有關係——至少在妳不再害怕之前……」

我在香澄姊的額頭上輕輕一吻，輕聲說道：

「——我都會一直望著妳，期盼著妳閃閃發亮的樣子。」

香澄姊的眼神驀地一亮，接著她看向我，露出一抹安心而燦爛的笑容。

「……嗯，約定好了喔。」

——那是，我在香澄姊身上看過最為動人、最為閃耀的笑容。

✿✿

在那之後，又過了幾天。

「——好，卡！」

這一天，我同樣陪伴香澄姊前往拍攝現場。

同樣的劇本、同樣的演員、同樣的劇組人員。

只不過——氣氛，似乎有些不同。

「香澄小姐！妳這一段的魄力實在是太強了！」導演衝了過來，十分開心地稱讚著。

「尤其是對妹妹說的那段台詞——那是妳即興發揮的嗎？非常貼合這一鏡的氣氛啊！」

「不好意思，擅自改了台詞。」香澄姊笑著回答。「但是，該怎麼說呢……當下覺得『應該是這樣』的感覺？」

「非常好、簡直完美！情緒與台詞完美貼合，就連我不是身在其中，都可以感受到那股掙扎的感覺呢！」

「謝謝您的誇獎。」

「香澄前輩！」

就連那名年輕女演員也跑了過來。

「太厲害了！我、我的腳……剛剛聽到那一段台詞的時候就不斷發抖，就算是現在，還是覺得充滿衝擊力！」

「啊哈哈哈，不好意思呢，嚇到妳的話……不過妳也很厲害唷，既成熟又很靈活，我都要忌妒了呢。」

「哪裡哪裡，香澄前輩才是……」

……

我看著周遭人們對於香澄姊的稱讚，鬆了一口氣的同時，也為她感到高興。

看來，香澄姊在那天之後，總算是找回了某種信心……又或者說是信念之類的東西，無論如何，現在的香澄姊，真的像是在閃閃發亮一樣。

正當我打算再去買杯咖啡時，正好跟香澄姊對上眼。

那個美麗的棕髮女子笑著看向我，接著朝著我的方向比出一個勝利手勢。
——無論多久，我都會讓你永遠對我保持心動的。
她的表情彷彿這麼述說著。
「……真是的，心跳跳得真快，該不會是喝太多咖啡了吧。」
我一邊笑著喃喃，一邊朝著香澄姊揮揮手。
鎂光燈前的香澄姊，就如同璀璨的星辰那樣閃耀著。
而我——大概會繼續像個孩子一樣，望著那抹美麗至極的星辰，一次又一次地期盼星星對我眨眼的時刻吧。
我不禁期待起星星再度劃過夜空的那天到來。

※ 第2章 ※

甜點顏色是直率風味

「——綾乃～今天放學要去哪裡玩呀！」

「嗯……去哪都行吧～」

放學和同學們一起逛街、一起吃飯。

把自己裝扮得亮眼繽紛，指甲彩繪也好、耳環也好。

全力地享受著名為青春的餽贈，發掘世上那些美麗又充滿樂趣的事物。

穿著學生制服，把裙子改短的金髮少女一如往常地綁起馬尾，一邊喃喃：

「那麼……今天又該做些什麼好呢～」

——這就是東雲綾乃，東雲家次女的高中生活。

自綾乃有記憶起，家裡的氣氛就稱不上好。

父親很嚴厲，母親雖然偶而溫柔，但也是個性強勢的類型。

總是被要求姿勢端正、舉止得宜云云……類似的說教，對於綾乃來說早已聽得耳朵要長出繭來。

年歲稍長的姊姊香澄，總是露出那副笑容，吃力地面對這一切。綾乃並不會否認姊姊為了自己，無形之中犧牲了許多——只不過和香澄不同，綾乃自己也有需要面對的困境。

「——綾乃，妳這次的考試成績又退步了。」

「我才沒有，父親大人……明明就還是維持在一樣的名次啊。」

「對於東雲家而言，只是在原地踏步，就是一種退步。」

「綾乃啊，妳沒有像妹妹那樣的聰明才智，所以妳要加倍努力才行。」

……

時常出現在對話中的，是只小自己一點的妹妹雫。

跟自己不一樣，雫從小就很聰明，做什麼事情也都很快就能上手；相比之下，自己要學習什麼新的事情時，總是不得要領、還要花上更多時間……

因為年齡相近，所以更容易被拿來比較。那種感覺令人感到厭煩。

雖然這麼說，綾乃並沒有對雫產生怨言，相反，雖然雫很聰明，但跟自己比起來相對怕生許多，小學時被同學騷擾時，往往都是綾乃出面保護雫。

即便她很優秀……但她依然是自己的妹妹。

姊姊保護妹妹是天經地義的事情，綾乃是如此想的。

因為家裡的氣氛實在令人開心不起來，綾乃從很小的時候就喜歡跟其他人交朋友，和朋友一起出去玩，一起享受著無拘無束的假日。

責任？或許有吧，但那不是現在。

現在的自己——就是要全力玩耍的年紀。

「——那、那個！東雲同學，我喜歡妳！請妳跟我交往吧！」

——升上高中之後，類似的情況似乎就變多了。

如果是相處久的朋友倒還勉強能夠理解，然而更多的是那種才剛見面一兩次，就突兀地告白，一旦拒絕還會像是世界末日一樣地抱頭痛哭的男生。

果然是自己的美貌嗎？真是的，太受歡迎還真是困擾啊——綾乃一開始也是這麼想的，周遭眾多的朋友們也是這麼說的。

……

……但是，哪裡不對勁。

「……東、東雲同學……那個，最近限定款的護唇膏，那個是不是很難搶啊？」

「東雲同學的家裡這麼厲害，是不是有辦法能夠搶到啊……我們跑了好幾次專櫃，每次都撲空……」

「綾乃～聽我說啊，我男朋友他最近說著什麼投資失敗之類的，需要一筆現金，如果可以的話能不能幫我一點忙！拜託了！我一定會盡快打工還妳的！」

——是從什麼時候開始的呢？

周圍的「朋友」……似乎都在對自己提出要求。

當然，那些要求對於綾乃的家庭而言，都不是什麼大事，簡直就是滄海一粟……

但那樣子的想法是不對的。

自己是自己，家族是家族。不能混為一談。

「真羨慕東雲同學，出生在這樣的家庭，一定是想要什麼就會得到，過著很自由的生活吧。」

有時，也會在經過人群時，偶然聽到那些竊竊私語。

為什麼要擅自下結論啊？

為什麼大家會認為，出生在這樣的家庭，不需要付出任何東西，就只是純粹地享受這一切？

好討厭。
好討厭。
「……妳知道嗎，東雲同學她好像跟朋友絕交了。」
「為什麼啊？」
「好像是不願意幫忙買東西的樣子……雖然那個是限定款不太好買到。」
「誒？可是對東雲同學她們家來說，應該很簡單才對啊。」
「是啊，所以最近大家都在說東雲同學很小氣之類的……」
……為什麼？
為什麼要擅自把自己跟那個家綁在一起？
明明是因為這個家帶來的壓力，讓自己不想沉浸在那樣的環境裡——到頭來，就連身邊那些平常對自己很好的「朋友」們，也不過是因為有求於自己才不斷獻殷勤嗎？
那些人的眼中，看見的並不是「綾乃」……而是「東雲」。
……
好討厭那樣。
於是，漸漸地、漸漸地……

減少那些「朋友」的數量，只跟認同自己、知道自己難處的人來往。放學之後也是全力地玩樂，但與此同時，也開始接觸各式各樣的打工活動。

想要的東西、想要的生活、想要的夢想——全部，由我自己來爭取。

不會去借助家的力量，依靠自己去證明——這就是東雲綾乃的生存之道。

✽✽

那是一個下著大雨的夜晚。

剛好是禮拜五，所以綾乃排了一個超商打工的夜班。

至於父親知道後會不會生氣……算了，那種事情怎樣都好。

反正綾乃不用猜也知道，兩個街口外肯定會停著一台黑色廂型車、上面還載著可能三或四個穿著黑西裝的彪形大漢。一旦發現任何危險就會突然出現，把所有威脅通通消滅掉之後，又悄聲無息地消失在夜幕中。

這是一種「妥協」。

勉強能夠理解，何況並不是金錢之類的原因，而是安全顧慮。假如針對這一點去和父親爭吵，可能反而會被限制出門的時間，綾乃也只能睜一隻眼閉一隻眼。

深夜的超商，除了一些加班晚歸的上班族、偶而遇見幾個醉漢之外，其實也沒什麼特別的事情要做。運氣好的話，還能夠躲在休息室裡小睡一下。

把進貨的商品擺上貨架、清點存貨數量、打開電腦輸入銷售狀況……鼻腔傳來關東煮的香氣，讓綾乃的肚子有點感到飢餓，或許等等可以買一點來暖暖胃之類的，不過那也是等晚一點的事情了。

「嗚……呼哈啊啊……」

打了個呵欠，綾乃一臉倦意地躲在櫃台後面，手機螢幕上顯示著後天要去玩的地方，以及一些充滿話題的餐廳等等。

再過一段時間，就要從高中畢業、升上大學……然後，直到那個時候，就是「終結」的時刻。

快樂的時光終究會消逝，即便不想承認，但綾乃自己也很清楚，父親對現狀的忍受大概只會持續到大學畢業。

……可是，在那之後又要做些什麼呢？

跟香澄姊不一樣，綾乃並沒有一個心目中的「夢想」。

未來要做什麼好，自己的腦海裡只有一片虛無。

如果沒有夢想，最糟的可能性就是跟隨著父親所安排好的道路。找個門當戶對，但可能根本沒見過面的男生結婚，在家專心相夫教子，就這麼生活下去……

「……是最不想要看見的未來啊。」

……好煩躁。

或許是疲憊感，讓平常充滿幹勁的綾乃也有些懶散，揉了揉頭髮，正當她打算確認一下今天的狀況，假如沒什麼客人就要開始偷懶的時候，一個年輕少年的聲音傳了過來……

「——那個，不好意思，商品上架的部分我已經整理好了喔。」

「誒？那明明是我的工作……抱歉，還讓你幫忙。」

「不會，反正剛好順便一起弄完。那我去整理一下店外面的環境喔，有什麼事的話再跟我說。」

「啊？嗯、嗯……」

望著那個少年拿著掃把走出店裡，綾乃稍微歪了歪頭，若有所思。

——那個男生，是個年紀比自己小，不過在超商打工資歷遠超自己的「前輩」。

雖然沒有問過，不過跟其他同事的閒聊中，或許年紀比雫還要再小一點……不過，做起事來卻非常勤快，而且又很有耐心。

只要和他排到同一時段的班，就時常會受到他的幫忙。

更重要的是，那個男生並不是為了什麼而做出行動。

在學校的經驗，讓綾乃認為會刻意接近自己的人幾乎都是有所求。

但這個男生不是。

他只是因為「有人需要幫忙」，僅此而已。

明明比自己還要小，卻已經為了自己的生活而不斷努力。

在綾乃眼中，雖然出發點可能不太相同，但這個男生，是跟自己一樣的人。

那種工作的樣子，會讓綾乃覺得自己也應該跟著努力。

……可以的話，下次希望能和他多聊聊呢。

——雖然曾抱持著這樣的想法，不過很可惜並沒有實現。那個男生後來似乎因為家庭的原因，被店長給辭退了。

在那之後，綾乃就沒再見過那個男生。

時光流逝，升上大學的生活也沒有什麼特別的改變。

唯一的改變，大概是——

「——妳要不要看看自己寫的都是什麼東西！」

「住手！那是我的……我好不容易……」

父親跟雫之間的爭執似乎加深了，作為三姊妹中的么女，聰明的雫受到的期望也是最大的。

說來諷刺，或許是因為自己的「壞榜樣」，父親甚至安排雫就讀女校，以避免被各種事物給分散注意力。

就結論而言，這造成了嚴重的反效果。

自房間傳來，是某種物品被重重摔落在地的聲音，接著是大門被粗暴打開，以及急促的腳步聲。

咚咚咚咚咚，腳步聲竄入房間，接著又傳來大門被用力關上的聲音——似乎同時還上了鎖。

「……」

不曉得自己臉上是什麼表情，只是慢慢推開椅子，接著往那個地方走去。

「冷靜點，綾乃。」

「抱歉，香澄姊……但是我沒辦法接受！為什麼雫要受到這種對待！」

追求自己想要的事物有什麼不對？

如果是沒有夢想的自己就算了——明明有著夢想，也在努力實踐的雫，憑什麼要受到這樣的對待？

就算整天被拿來比較又怎麼樣。

就算是這樣——

「——雫她啊，可是我唯一的妹妹啊！」

腦袋一熱的結果，迎來了幾乎可注定的結局。

從小的時候就是這樣，在大腦想出結論前，身體已經開始行動——這一次也不例外。

結果，就是姊妹三個人全部被丟到偏遠的鄉下，連課業都被迫暫停。

就為了所謂的「母親般的教養」……簡直無聊至極。

在這幾乎沒有任何娛樂活動的鄉下，一週六天要扮成修女去傾聽老人們的煩惱……

直到處罰結束之前，大概都得維持這種「規律」的生活。

……就像是好久之前，自己想要極力避免的生活那樣。

就這樣子持續下去，直到處罰結束為止——

……

叮咚、叮咚。

似乎有人在按門鈴。

「來了來了～誰啊，在這種時候來訪……」

香澄姊跟雫都還在忙，綾乃走到玄關打開了門——

出現在自己面前的，是那個就算相隔一段時間，卻還是能認出來的身影。

「不、不好意思……咦？應、應該是這裡吧……」

看著他有些緊張的神情，綾乃不禁笑了出來。

「——歡迎～總之……先進來吧？」

從那一刻起，本以為會就這麼停滯不前的生活，又開始產生了變化——

✽

✽

嘟嘟嘟嘟、嘟嘟嘟嘟。

——早上五點半，我的鬧鐘一如往常地響起。

習慣是一件挺可怕的事，比如當習慣在五點半起來的時候，就算不需要鬧鐘，也會提早醒過來。

躡手躡腳走下樓梯，並像是在收集道具一樣地，把遺棄在走廊上的黑色褲襪給撿了起來——可惡，真的是夠了喔！這都已經是第二次了不是嗎？

下次抓到現行犯的話肯定要好好教訓一番。

走進廚房，在屋內四位小姐們醒來之前的時間段，是特屬於我的時光。若說在這段時間裡我能做的事情，其實也就是思考著每天早餐的菜單。

很無趣嗎？意外地滿好玩的。扣除掉香澄姊之外，剩下三個人對於料理的了解都只有最低限度，靜子小姐口中所謂的「會煮飯」甚至真的就是字面意義上的那種。

正因為如此，這也是我一天之中最早，也是最重要的工作之一——畢竟「一日之計在於晨」，除此之外……在醒來的時候能夠聞到好聞的咖啡味、能夠吃到好吃的早餐……

肯定會很幸福的吧？我一邊準備著材料，一邊想著。

今天的菜單是班尼迪克蛋。

時間還挺充裕的，今天就認真地從醬料開始準備——前些時候因為時間的因素，竟然得依靠罐頭青醬來製作義大利麵，我內心某個部分的熱血廚師魂對此十分不甘心的樣子。

首先是奶油。將奶油放在鍋中用小火煮至融化，與此同時將蛋黃跟鹽巴加上些許水一起開始不斷攪拌，等到起氣泡之後再將融化的奶油一點點慢慢加入。

加上檸檬汁與一點點胡椒調味，不過成品只是單純的鵝黃色好像有點單調。我在調味料櫃裡翻找一下後，順便加入一點點煙燻紅椒粉上色，順帶添加一些木材的香氣。

鍋子事先熱過，將英式馬芬麵包簡單放上去煎了一下，超市販售的火腿同樣簡單地熱過，接著該來準備這道料理的另外一個靈魂了。

煮滾的水加入白醋，接著轉小火——把打好的蛋輕柔地順著碗沿慢慢滑入鍋中，望著蛋白在水中一瞬間凝結，變成顯眼的白色，不規則的形狀，卻又保持著蛋黃的完整，如同水母在水中緩緩漂浮。

這個可是比想像中還要難啊……還記得剛開始練習的時候，幾乎都會一不小心就會讓整顆蛋散開，而且有時還會忘記把烹煮過程的蛋稍微翻一下，導致整顆黏在鍋底的情況。

三分鐘之後，就可以開始把所有材料組合起來了。

煎好的火腿與醬料的香氣交織，用刀子輕輕劃開薄薄的水波蛋表面，任憑黃色的蛋汁緩緩流下，將所有食材覆蓋。

用叉子戳起一塊送入口中，微酸的醬汁氣味搭配肉脂香氣，與滑順的蛋汁一同在嘴裡融化。

在週六的早晨，能夠享受到這樣的早餐，簡直就是一種極致的幸福。

彷彿像是算準時間一般，已經能夠聽見不遠處傳來下樓梯的腳步聲。

咖啡已經研磨完畢，美味的早餐，當然也要來杯熱騰騰的咖啡。

「——早安～哇！好香的味道！」

——這就是，既新奇又日復一日的生活。

當我在準備時，正好看見冰箱還有額外的食材，所以雖然可能會有被其他人抗議偏心的可能性，我還是偷偷地更換了其中一份的食材。

一般使用的都是火腿，唯獨雫的英式馬芬裡夾著的是煙燻鮭魚。

當然，其他人我也沒有冷落。香澄姊的早餐除了火腿之外，還加了一點菠菜作為裝飾，也為講究營養均衡的香澄姊稍作變動。

靜子小姐對於吃的向來沒什麼講究，不過聽說今天明明是假日卻還是要加班，我便額外地替她備好一份三明治，當作工作之餘能夠補充能量的點心。

最後，綾乃姊的話……喜歡吃肉的綾乃姊，當然就是為她準備了雙倍的肉量，還額外追加了——

「——吶，今天的早餐……」

吃完早餐後，趁著大家在客廳休息，我則是整理餐廳洗著碗盤時，在家中一向穿著開放的綾乃姊悄悄地靠了過來。

「除了火腿之外的那個肉片……那個是牛肉嗎？」

「味覺比我想像中還要靈呢。」

在綾乃姊的早餐中，除了大家都有的火腿之外，額外替她準備了一點前陣子在逛超市時，偶然發現特價的煙燻牛肉片。

「很好吃喔。」

「是嗎？那就好，我一開始還很擔心特價品會不會其實有些品質上的小小疑慮……」

「有你在的話，不管什麼樣的食材都會變得很美味啦。」

「原來綾乃姊妳是這樣想的？那晚上的菜單就決定是酥炸蟲蟲了。」

「嗚呃……那個先不要。」

那可是我第一次看見三個人同時吐出彩虹的畫面，視覺衝擊比想像中還要誇張。

可是炸蟲蟲明明還好吧？以前不也會有人吃炸蟲蛹之類的嗎……不過在那之後，這道菜單就被她們給封印了，可能一輩子都不會再出現在這個家的餐桌上。

「……對了，你還記得今天要幹嘛嗎？」

「嗯？應該是打掃家裡、讀書、完成會長給出的奇怪挑戰之類的吧。」

「才不是呢！」

綾乃姊微微嘟起嘴，撒起嬌來的表情未免可愛過分……我投降似地舉起手，笑著回答。

「知道啦——今天要跟妳一起去市區到處吃甜點對吧？」

「哼哼～沒錯，要是你忘記的話，我可不會饒過你喔。」

「不過我對這種店沒什麼研究，綾乃姊呢？」

「放心，都是我以前學生時代喜歡的店，也有些是這一兩年新開、在網路上很受歡迎的店家喔。」

「那我今天就交給綾乃姊為所欲為囉。」

「嘿——你這麼說的話，我會有其他的想法呢～」

綾乃姊伸出手揉了揉我的頭髮，小跑步地離開廚房。

「——那麼，等等差不多了我們就準備出發！」她跑出去時說道。

✽

✽

今天雖然是禮拜六，但意外地家裡的人們都有事情。

靜子小姐是要加班，香澄姊則是剛好要跟經紀人吃飯、順便規劃之後的工作……除此之外，就連雫今天竟然也要出門，聽說是要去買喜歡的樂團最近剛發售的專輯。

明明是難得的假日，但所有人都要出門，而不是躲在家裡悠悠哉哉度過一天——以前的時候，為了要償還債款，所以根本沒有體會過什麼休假日，直到半年多前在鄉下的那段時光，才會在週日時獲得難得的休息時間。

也許是因為這樣，無論是以前在鄉下時，還是住進東雲家後……大家都會在假日時一有機會就找我出去，說是要補足「空白的青春時光」。

最為熱衷的當然就是綾乃姊。

不過這也跟綾乃姊的興趣有點關係，在四個人當中，綾乃姊無疑是最為享受學生時期的那一個，而且意外地打過不少工。

「說起來，為什麼是挑甜點店啊？」

假日的街道上，進入五月的天氣已經開始慢慢回暖，陽光灑在道路跟身上，溫暖的感覺正好處於一種舒服的完美狀態。

走到附近的公車站，搭到市中心那個有名的甜點街——雖然也問過綾乃姊需不需要開車，不過對方否決了這個提案。

「——就是要兩個人一起慢慢逛過去才好呀！」

當時的綾乃姊擺出一副「你什麼都不懂」的表情這麼對我說著。

「為什麼是甜點……？」綾乃姊聽見我的疑惑之後偏了偏頭，十分單純地回答：

「因為我很喜歡吃甜點啊！」

……我想也是。聳聳肩露出苦笑，我藉著這個機會偷偷瞄了一眼綾乃姊的裝扮。

——藕紫色的露肩毛衣，搭配上白色的短裙加上黑色長靴，雖然前些時候好像試著改變過造型，不過今天的髮型依舊是那招牌的雙馬尾。

「之前不是有試著不綁起來嗎？」

「嗯……其實兩種都可以啦。」綾乃姊偏過頭來問道：「怎麼樣？哪種比較好看？」

「不管哪一種都很好看喔。」

「哼——這種聽上去就很敷衍的台詞，我才不相信呢！」

「真的啦，就算綾乃姊剃成光頭，肯定也是好看的喔。」

「噗——噗哈哈哈哈，你、你在說什麼啦……」

被我的話語給逗笑，綾乃姊用手指輕輕抹了一下眼角。

「其實呢……是因為你的關係喔。」

「我的關係？」

「你看嘛，你不是最近都在忙著讀書學習嗎。」綾乃姊忿忿地說道：「老爸也真是的，盡是安排一堆奇怪的東西要你學。不過呢，果然要讓腦袋轉得更快的話，就是需要糖分對吧！」

「是、是這樣……嗎？」

「當然～我都是靠這招才勉強低分飛過，拿到學分的喔。」

「果然還是不要常常臨時抱佛腳比較安心呢。」

「喂！你是不是在偷偷嘲笑我啊！」

「才沒有呢……噗。」

「吶！」

我跟綾乃姊就這麼有說有笑地搭上公車，前往目的地。

當然，我也知道綾乃姊特意邀我一起出來的原因，其實就只是單純地想讓我散散心。對於這一點，我除了感激之外，只能夠想盡辦法用我的所有力量，幫助她們完成夢想，還有會長的試煉作為報答，以及「答案」。

只不過，剛下公車的我，似乎還是太過小看「甜點聖地」這個稱號的地方了。

「好、好大……而且色彩好繽紛……」

「哈哈哈，嚇到了吧～」

——出現在我眼前的，是既寬廣又乾淨的街道，兩邊開滿了各式各樣的店家，以及穿梭的行人們。有家庭、有朋友、有戀人，甜食的氣味占據我的鼻腔，烤鬆餅的香氣跟草莓醬的甜膩混合在一起，每分每秒都在對我的腦袋造成食欲的爆擊。

「走吧走吧！」綾乃姊熱情地挽住我的手臂，拉著我走向琳瑯滿目的商店街。

「我已經決定好第一家了！就先從那個超難排的可麗餅開始吧～」

「知、知道了啦……別走那麼快啦！」

光是從對方急促而又雀躍的步伐，就能感受到綾乃姊有多期待，內心的興奮感完全藏不住，這樣子不拘小節、直來直往的個性，我想也是綾乃姊十分吸引我的原因之一。

偶而也會對著我擺出姊姊的樣子，大部分時候則是用平輩的方式稱呼……但現在的綾乃姊，簡直像極了小一歲的妹妹。

不過，就是要這樣子才能夠盡情放鬆嘛。

雖然我時常被靜子小姐嫌棄什麼「不懂得看場合跟氣氛」之類聽起來就很過分的評價，但我還是知道今天可不是還得維持緊繃的日子。

雖然剛剛有提過是「很有名的可麗餅店」……不過就跟在外面初次見到商店街一樣，我又再一次地低估了所謂「很有名」的含金量。

——繞了兩三排的巨量隊伍，就這麼圍繞著一個餐車，所有在排隊的人們不是低頭滑著手機、就是跟身旁的朋友聊天……從移動速度來看確實還挺快的，但這依然掩蓋不了這裡正大排長龍的事實。

好險這裡的商店街室外區還有高高的雨棚遮蔽些許陽光，否則在這樣的好日子裡排隊等候可麗餅，似乎本身就是一種折磨。

「人比我想像中還要多……」我誠實地說出第一感想。

「畢竟是名店嘛。」把資料查得十分詳細的綾乃姊說道：「這裡的草莓口味還有抹茶口味可是極品喔。」

「那就各買一個？」我試探性地問道：「綾乃姊想要哪一種口味？」

「都可以～」我面前的金髮姊姊露出早有預謀的壞笑。

「反正等等可以交換著吃嘛。」她這麼說道。

「我就知道……不過這樣子感覺也不錯，可以一次吃到兩種口味。」

「對吧！我可是很聰明的。」

「既然這樣，綾乃姊妳就先去旁邊休息吧。我來排隊就好了。」

「咦？可以嗎！這樣會不會不太好意思……」

「沒關係，感覺排隊的話要站一段時間，不用這麼累也沒關係啦。」

跟綾乃姊分頭行動，我走向隊伍末尾，跟著前面的人潮慢慢地前進。

趁著這個機會，我四處環顧著周遭的店家，有咖啡廳、有珍珠奶茶專賣店，也有主打舒芙蕾、光是裝潢就能勾起拍照慾望的漂亮店面……

雖然我偶爾也會為她們做一些甜點類的食物，但看到眼前的光景，還是不禁感嘆人們對於甜食產品的消費能力，只不過是短短一段時間沒有特別關注，竟然就能夠進化到這種程度。

「——吶吶，接下來我們去那間店嘛～」

經過我身邊的情侶檔聊著天，也讓我再次意識到這裡確實充滿不少的情侶。

不過，情侶嗎……果然還是有一點點的難為情呢，雖然我並不討厭綾乃姊，卻也不曉得該用什麼樣的方法或是姿態去回應她的感情。

不、不只是綾乃姊……對於她們四個，任何一位都是在我的人生中，占有重要地位的人。

……至少現在，暫且當成是綾乃姊的情人。未來的事情，就交給未來的自己去煩惱吧——我在最後十分不負責任地把所有的困擾通通推給未來，希望到那個時候自己不會氣到想把自己掐死。

不過，既然是甜點聖地這種通常女性會比較有興趣的地方，也免不了騷擾狂之類的存在……想到這件事情後，我又再度觀察一下。

果然，扣除掉情侶與家人之外，只要是女性，那麼必定會是兩、三人，甚至是更多人成群結隊地行動，恐怕就是為了避免那些不懂得讀空氣、還會強硬地對女生亂來的討厭男性們。

當然，這些騷擾狂也不是沒有對策——跟著女生們一同增加人數，已經是見怪不怪的對應了，雖然成效甚微，但偶而還是會成功攔截住一、兩個不太走運的女生。

一想到這裡，我就有點後悔讓綾乃姊獨處……倒也不是擔心綾乃姊，畢竟之前在海邊，當雫被陌生男子騷擾時，也是綾乃姊出面阻止對方。

總之，晾著她一個人在那邊確實不太好……我努力地祈禱排隊隊伍輪到我，一邊試圖用視線確認綾乃姊的狀況。可惜我已經在人潮中間，從這個角度不好望見對方。

好險，過了一會之後，終於輪到我點單。

「一個草莓口味，一個抹茶口味。」

雙手拿著可麗餅，我努力地從人群中鑽出，然而才剛走向綾乃姊，我頓時就發現狀況不太對勁：綾乃姊正擋在一個女生面前，而綾乃姊前面則是兩個染著金髮、皮膚黝黑、體格相對魁梧的男子。

「——喂，你們難道沒看出來她很不願意跟你們走嗎？」綾乃姊一臉不善地看向兩名男子。「既然這樣，就不要再為難人家了吧？」

「妳在說什麼啊，我們可是很有誠意地邀請她一起吃飯欸。」其中一個人回答：「看她拿著手機到處拍照，哥哥我啊，可是對這方面很～有經驗的喔。」

「不只是拍照，還有很多很多……哥哥我們懂得不少『特別的知識』，都可以教教妳們喔，怎麼樣啊？要不要一起找個地方好好聊聊，順便休息一下啊？」

——哇喔，現在的搭訕詞已經露骨到這種程度了嗎？我這麼想著。

雖然看上去是充滿危機的場景，但這種聽上去就莫名好笑的搭訕，反而讓我有種想要找個地方吃著可麗餅，拉板凳看好戲的衝動。

然而，下一秒綾乃姊的反應卻讓我差點大爆笑。

「——嗯？要教我什麼呀？就憑你們兩個？」只見綾乃姊一邊說著，眼神同時肆無忌憚地往那個男生的下半身瞥了一眼，接著她露出一抹冷笑。

「難道，是打算用這種大小來教會我什麼嗎？抱歉呢，我個人對牙籤和火柴棒不怎麼感興趣呢。」

「妳說什麼！」

「我看妳是找死吧，妳這女人！」

兩人的怒氣值幾乎是瞬間就被集滿。

綾乃姊原來連嘲諷都是箇中好手嗎，長見識了。

不過，雖然騷擾狂很討厭，但我還是要幫忙緩頰一下——至少從我的角度看來，他們的重要部位都是正常水準範圍啦……個別離群值是不能夠作為平均參考的，這可是我最近在學統計時現學現賣的小知識。

望著臉色鐵青的兩名男子，看上去簡直像是已經沸騰、差一點就要爆炸的熱水壺。雖然我是不擔心綾乃姊的狀況，不過她身後那個女生好像快要被嚇暈了……既然這樣，只好快點收拾殘局，省得引來關注，這麼想的我嘆了一口氣，逕自走到他們中間。

「……那個，不好意思，這兩位跟我有約了……」

「啊？你誰啊你？」

我只是聳聳肩，順手把可麗餅塞到綾乃姊手裡。

「拿好喔，我不想多排一次隊。」

「嘻嘻，我可以先吃嗎？」

「都可以。」

「臭小子，我警告你，少多管閒——我靠這小子力氣好大！」

「……那個啊，女生們不是都說『不要了』嗎？」我趁著對方伸出手打算推我一把時，率先抓住對方的手掌，同時不斷地緩緩施力。「既然女生都拒絕了，那麼適時地留點空間給彼此也是很重要的喔。」

「你──靠！」

喀喀喀喀喀，我可以聽見被我握住的那隻手掌關節，正在發出某種不太正常的可怕聲音──那是當然的，可不要小看曾經在後山小徑一拳把棕熊打飛的力量啊！

「唔唔唔，唔呃呃呃──」

肯定很痛對吧？我知道的。

我露出從前在服務業鍛鍊出的職業招牌笑容，一邊看著對方想要叫出聲，但又怕丟臉所以咬緊牙關的扭曲表情。

至於他的朋友，則是不知道該不該幫忙，一臉遲疑地不敢輕舉妄動──雖然是這樣，不過我也沒打算對他們怎麼樣，只是小小地警告一下，於是我過了幾秒後就鬆開手，同時慢慢後退。

「──那麼，我就先告辭了……還是說，兩位大哥也打算教教我什麼『特別的知識』嗎？」

「……他媽的，算你運氣好！」

撂下狠話之後，他們就抱頭逃竄了。

我拍了拍手，接著轉頭看向綾乃姊。正津津有味地吃著可麗餅的綾乃姊嘴角上沾著奶油，卻還是不忘對我比出一個耶的手勢，同時露出大大的笑容。

真是的，我明明也很緊張好嗎。

無奈地聳聳肩，我伸出手輕輕抹掉綾乃姊嘴邊的白色奶油。

……嗯，有點甜。

✽✽

「——誒？妳要全部買單嗎，我記得這間店可不便宜啊……」

「沒沒沒問題的……請務必讓我答謝你們的幫忙！」

過了一段時間後，我跟綾乃姊，以及那個陌生的女生在一間看起來超高級的咖啡廳用餐。

周遭坐著的都是那種平常會在網路上看到，像是網美之類的人，不然就是穿搭看起來超級厲害，簡直跟我不是同個畫風的帥哥美女。

為了轉移我的注意力，不要被這些看上去好像開了濾鏡一樣在閃閃發亮的現充們給打擊信心，我只好拿起手邊的菜單，假裝很懂的樣子開始翻閱——嗚哇上面標示的價格也太貴！

我一臉驚恐地望著精美拍攝的示意圖，還有下面標註的不合理單價。

怎麼回事？這上面的數字該不會是多印了一個零吧！

本來，我以為在跟三姊妹們生活的時光之中，我的金錢觀會因為和那幾位千金大小姐的相處而逐漸被扭曲。

不知道是幸與不幸，無論是誰，似乎都不像是八點檔鄉土劇裡面的惡役千金那樣，要嘛整天頤指氣使，不然就是拿著一疊鈔票砸向可憐窮困女主角的臉——雖然我因為債務的關係，本來就不會對金錢觀感到麻痺就是。

但這個也太誇張！一杯咖啡加上一個小蛋糕就要好幾張鈔票是什麼訂價啊！

「……那，我就要這個『夢幻香草組合』好了。」我身邊的綾乃姊竟然已經點好餐，接著轉頭看向我：「你呢？你有沒有什麼想吃的呢？」

「我、我……只要美式咖啡就好。」

「誒，這樣就好了嗎？」對面的女生有些驚慌地擺擺手。「不行啦，你剛剛可是挺身而出，只是一杯咖啡根本不夠——那個，服務生？麻煩幫我準備三份英式下午茶套餐。」
某個穿著西裝，看起來超專業的服務員露出敬業的笑容，將菜單收走之後就優雅地離開了。
「今天真的是……要是沒有你們在，我可能就麻煩大了。」那個女生再度向我們道謝：「真的很謝謝你們！」
「不用放在心上啦，我也是剛好看到才上前幫忙的，像那種隨機挑選人騷擾的傢伙真的很討厭～我以前也偶而會遇到，所以算很有對付他們這種人的經驗。」
「我其實也沒做什麼……而且綾乃姊既然打算插手，我也沒有不幫忙的理由。」
「真、真帥氣呢……我要是平常生活也能遇到像你這樣的人就好了。」
我拿起服務生送過來的水喝了一口，聽著那個女生繼續說道：「對了，你們兩位……如果我搞錯的話很抱歉，但兩位難道是情侶嗎？」
——噗！我差點被喝下去的水嗆到，一邊不停咳嗽，一邊聽著綾乃姊露出害羞的笑容回答：
「討厭啦～妳的嘴還真甜，但是看起來像是那樣嗎？看起來像是這樣對嗎！」
「是！畢竟他可是第一時間就站出來保護妳了呢！」

「這傢伙本來就是這種個性啦，一旦看到有人遇到困難，就算自己會粉身碎骨也會衝上去的。」

「真的嗎！聽起來真像英雄一樣呢！」

「對吧～」

……意外地，綾乃姊跟那個女生還挺有話題的，雖然話題的開頭主角是我。

仔細一看的話，眼前的這個女生留著一頭齊肩中長髮，瀏海是很清爽的空氣瀏海造型，穿著白色帶有碎花點綴的洋裝。雖然或許是個性的緣故，氣場看上去有點偏弱，但其實應該跟綾乃姊差不多年紀……不，甚至再大一些也說不一定。

話雖如此，不過綾乃姊本來就是很會找話題的人，雖然對穿搭之類流行相關的話題比較不那麼熟悉，不過除此之外的各類小知識和趣聞倒是知道得不少。

由綾乃姊主動帶起話題，似乎也讓那個女生稍微安心下來，很快，我們這一桌就充滿了兩個女生的笑聲，至於我則是聽著她們的話題，時不時地附和跟分享一些我自身的經驗。

也許是聊天讓時間過得更快，服務生在不久後就推著一台小餐車走了過來。

裝盤是傳統的三層架，最下層依序往上是三明治、司康以及水果塔。雖然正式的吃法是從最下層開始，不過在場的人顯然還沒有講究到這個分上。

「不愧是這間店，我有在網路上查過評價喔。」一邊拿起手機朝著食物拍照，綾乃姊一邊說道：「超高價位的餐點不說，無論是使用的食材還是味道都無可挑剔，裝潢也十分豪華，是想要享受高級下午茶的首選！」

「是呀，我之前來這裡拍過一次影片，當時可是花了不少錢……」那個女生苦笑回答。

「誒，原來是這樣……咦？拍影片？」

「哎呀，原來你們不知道呀。」

那個女生拿出手機，操作幾下之後把手機遞了過來讓我們看螢幕。

「這、這個是……！」

「騙人！這個數字……」

「其實……我平常有在經營網路社群和影片頻道啦。」

——在螢幕上顯示的是那名女生的粉絲專頁，而且上面的粉絲追蹤數……我揉了揉眼睛，再重新數了一次上面到底有幾個零。

搞什麼，今天的我難不成是不斷看到數字方面的幻影嗎？

「好厲害……」綾乃姊睜大雙眼。「這就是……傳說中的KOL嗎……」

「也沒有這麼厲害啦，我就只是到處玩、到處吃，然後把喜歡的東西拍下來分享給大家而已。」那個女生害羞一笑。「一開始只是無聊隨便弄弄，結果突然有一天發現大家還蠻喜歡看的，就這麼順其自然地變成現在這樣了。」

「網路就是這樣的東西呢，某個時候就突然變得紅起來了。」

我還是第一次跟所謂的KOL面對面講話……不，這麼說的話……

「難道……那兩個男生……是粉絲？」我問道。

「嗯……算是粉絲嗎……」對方露出苦惱的神情喃喃：「可以的話，我真不想稱呼他們粉絲……不過看起來是這樣的。今天只是剛好有空，想說出來走走順便吃點甜點，結果忘記戴上墨鏡，就這麼被認出來了……」

「好像女明星一樣～」

「不過這樣還真困惱呢。」我說道：「就沒有找朋友之類的陪妳一起嗎？」

「……」

不知為何，當聽到「朋友」這兩個字的時候，對方的臉色明顯變得有些消沉。還好這股情緒並沒有維持太久，她最終只是苦笑回答：

「嗯……剛好大家都沒空啦，而且，該怎麼說呢……有時候，會覺得自己好像被孤立一樣。」

「……！」

「明明是很有名的ＫＯＬ？」

因為過於好奇，我在詢問的時候沒注意到一旁的綾乃姊似乎想到什麼，表情變得有些奇怪。

那個女生喝了一口紅茶，接著思考了一會之後緩緩說道：

「……我，是大學的時候開始經營頻道的，一開始大家都會覺得這很有趣，所以對我特別關注……那個時候，我也覺得這種感覺並不賴。」

「但是，過了一段時間後……總感覺，我的周遭不知什麼時候開始，好像只剩下一群在我攝影紀錄生活日常時，特別裝扮得漂漂亮亮的人。她們還會問我認不認識其他的帥哥頻道經營者、或者是廠商有工商的時候纏著我，希望我帶她們一起去……我啊，本來就對自己沒什麼自信，所以被這樣子拜託就會覺得很有成就感，好像是『被需要』或者是很能融入她們一樣……」

「……那樣子是不好的。」綾乃姊突然開口喃喃。

「嗯，那樣子很不好。」那個女生附和。「我只關注著那些向我獻殷勤的人，結果當認識很久的朋友邀我一起出去吃飯的時候，總是因為沒空而缺席……久而久之，我好像也慢慢淡出原本的朋友圈。」

「至於那些圍在我身邊轉的人們，一旦她們的需求滿足，或者是我一次兩次婉拒她們之後，就會離開我的身邊、有些甚至會對我惡言相向，比如『妳紅了之後就不管朋友了』、『惺惺作態，還真以為自己多了不起啊』之類的……」

「好過分……明明那些人才是一開始主動靠上來的吧。」

「……如果是那樣就算了，當然除此之外還有你們看到的，偶而也會被騷擾的事情……但是，當我真正遇到什麼困難的時候，才發現自己身邊早就沒有什麼知心好友了。」

那個女生露出一抹有些難受的表情。

「——到頭來，我的身邊……已經沒有能真正理解我痛苦之處的人了。」

……稍微沉重的心聲，讓原本快樂的氣氛變得冷卻。

但即便是這樣……

「……妳還是沒有停下腳步，持續地做下去呢。」我說。

「……嗯。」對方點點頭。「因為我喜歡拍照、我喜歡旅行、我喜歡把我覺得漂亮的事物分享給大家。雖然我的力量很小，但要是我的影片也好、話語也好，只要為別人帶來一點點的光芒或是救贖——我覺得這樣就是最好的獎賞了。」

「所以，就算擁有這個身分之後，時常遭遇到困擾與痛苦……也許會迷茫也好，我也還是會繼續下去。」

聽見對方的話語，我這才注意到旁邊的綾乃姊似乎從剛才開始就沒有說話。該不會是因為過於感動，所以說不出話來了吧？

我稍微偏轉一下視線，正好看到綾乃姊的肩膀正在可疑地微微顫抖著……糟糕，雖然我本來就知道綾乃姊很容易對別人的遭遇感同身受，但聽到哭出來也實在是……

「……賞……」

「咦？」

「——我，好欣賞能夠這樣想的妳！」綾乃姊一把抓住對方的手。「來當吧！我來當妳的朋友吧！」

「咦？好、好呀……？」

被突如其來的好友宣告給嚇了一跳，好在那個女生過了一會就露出笑容。

「——嗯！畢竟你們可是在不知道我是誰的情況下，依舊選擇幫助我的人呢！」

她露出燦爛的笑容如此說著。

情緒的變化實在太快，害我一時間不知道該說什麼才好，不過……看到她們這麼開心的樣子，我最終還是選擇聳聳肩。

算了，反正結果好就沒問題了。

今天的收穫，可麗餅、超昂貴的下午茶一份，以及……

新朋友，一名。

✽ ✽

和對方交換完聯絡方式，又留在咖啡廳聊了許多成為ＫＯＬ之後的各種點點滴滴，我和綾乃姊才終於與對方道別，各自踏上回程。

一路上，綾乃姊顯得十分滿足——這令我有些意外，原來綾乃姊對這方面這麼感興趣？

「因為我很喜歡攝影嘛。」

「聽妳這麼一說，好像是這樣沒錯……」

以前在整理綾乃姊房間的時候，偶而也會看見牆壁上貼著各種照片，有出遊的、也有單純拍攝姊妹們生活日常的樣子。

總是很開朗地面對著身邊的每一個人，雖然有點找不到目標，卻還是努力地面對著各式各樣的事情。

在我眼中的綾乃姊，就是這樣子一往無前地邁進著。

「哈啊～今天真不錯呢，又認識了新朋友、還吃到這麼好吃的下午茶……好了，吃飽喝足，也玩得夠開心了，我們回去吧！」

「誒？嗯……當然沒問題。」

不知道是不是我的錯覺，現在的綾乃姊……好像有那麼一點點不一樣。

有種說不上來的奇怪感覺，即便對方現在臉上仍然掛著滿足的笑容，但我的直覺卻告訴我，綾乃姊的心裡並沒有看上去這麼開心。

然而，現在的我卻不敢開口詢問。

就算是有某種原因，綾乃姊依舊將所有的笑容都展示在我的面前，這無疑是一種向我表達出「我很好，不用擔心」的暗示。

既然這樣，那麼我就更不應該在這個時間打破砂鍋問到底，至少得陪著綾乃姊結束這一次「快樂的」約會——不然就太對不起這麼努力的綾乃姊了。

回程的公車上，我望著窗外的景色發呆。

或許是因為假日的關係，公車上此時也充滿了人潮，眼看下一站還有幾名年紀比較大的人緩緩上車，我趕緊將位置讓了出來。

「老先生，請坐這邊吧。」

「喔喔……謝謝你啊，年輕人。」

「不會……咦？」

正當我稍稍側身讓開空間時，卻發現綾乃姊不知道何時也站了起來，身體還緊緊地貼著我。

「綾、綾乃姊？」靠、靠得也太近了吧！

「嘿嘿嘿……因為公車上面人很多嘛。」

似乎是猜到我想要說什麼，綾乃姊只是露出一抹小惡魔般的笑容回答：「雖然這也是沒辦法的……但你可不要在這裡產生反應喔……♡」

「……」

——故意的！她絕對是故意的！話雖如此，正如同剛才所說，車上擠滿了人，就算我想要從綾乃姊的身邊逃開，也只會撞到其他人而已。正當我小心翼翼地移動身軀與視線，盡量不要有太多過激的動作產生多餘又難以解釋的反應時，竄入耳中的喇叭聲跟公車猛然煞車的動作讓我一個不穩，臉部直直地往前面撞去。

……

……咦？意外地沒有撞到硬物的痛楚，反而是帶有一些彈性、隱隱約約還有點香味傳來的……等等？該不會該不會——

我有些戰戰兢兢地抬起頭來，正好跟滿臉通紅的綾乃姊四目相對。

「不……不要那樣子盯著我看啦……呀啊！」綾乃姊話說到一半時，突然發出小小聲的驚呼，隨即摀上嘴巴。

「怎、怎麼了嗎……」

「你的呼吸……好癢……」

「對、對不起！」

大概是剛剛一瞬間的衝擊，讓我的大腦有些錯亂，跟綾乃姊胸前的雄偉高山接觸，似乎連我的皮膚都沾上了些許對方身上的香氣。

我有些羞赧地想拉開距離，卻反而被對方一把抓住手臂。綾乃姊仍舊是那個曖昧不定的笑容與表情，接著——她輕輕地抱住了我。

就在這個充滿人潮的公車上。

「……被看到的話該怎麼解釋啊。」

「不會有人注意這邊的啦……何況，就算被看到，只要老實解釋不就好了？」

「什麼樣的解釋呢？我是妳家的家政兼保鑣？」

「……每次到這種時候，你就會變得特別機靈呢。」

「從善如流一直都是我的優勢之一。」

「真會耍嘴皮子。」

在那之後，我跟綾乃姊就這麼維持這樣的姿勢，直到下車。

雖說有些難為情……但我想像不出把她推開的畫面，所以也只好保持這樣。

反正要是真的被會長安排的什麼秘密保鑣發現，接著用一些根本沒辦法想像的方式把我給暗殺的話，我也只能請她們記得每年來到我的墳前上香了。

回到家的時候時間還算早，其他人都還沒有回來。綾乃姊一進門就朝著沙發撲了過去，接著整個人像是宿醉一樣地用著亂七八糟的姿勢癱在上頭。

「呼哇哈——終於回家了！」

還發出某種小孩子一樣的聲音，未免可愛過頭了吧？

「雖然天氣看起來沒有很熱，不過在外面待久了果然還是會感覺悶熱悶熱的呢。」

我走向廚房，順便問道：「要幫妳拿點飲料嗎？」

「好——謝謝啦！」

過了一會，我端著兩杯柳橙汁走了回來。綾乃姊拿過杯子喝了一口，接著發出一聲滿足的嘆息。

「有這麼誇張嗎。」我調侃道：「明明妳今天看起來玩得很開心啊。」

「我真的玩得很開心啊。」

「是嗎，那就好。」

「你呢？」綾乃姊反問我。「今天……開心嗎？」

「嗯，感覺見識到不少新奇的東西，食物也挺好吃的，最重要的是……」

我看向綾乃姊，笑著說道：「……只要綾乃姊開心的話，我的心情也會跟著好起來呢。」

「哈哈哈，這個回答也太狡猾了吧。」

綾乃姊又喝了一口飲料，接著將馬克杯放下。

「……你這麼說的話，不就等於在暗示我，要把不開心的部分說出來了嗎？」

「……是因為那個女生嗎？」我試探性地問道。

「也不算啦，該怎麼說呢……聽完她的故事之後，有種似曾相識的感覺？我覺得我可以體會她的心情，而且一代入就覺得有些生氣、又有些難過……抱歉，我這樣會不會很奇怪？明明根本就不是自己的事情，卻還是……」

「我才沒這麼想呢。」

我伸出手摸了摸綾乃姊的頭，又輕輕地用手指劃過她的臉頰。總是充滿笑容的臉龐上，此時卻有著一絲絲的憂愁。

明明是張笑起來這麼好看的臉，要是被憂愁給占據就太可惜了。

綾乃姊並沒有馬上接著說下去，只是任憑我輕撫著她的頭髮。

如果這樣就能讓綾乃姊開心起來的話，那麼我可以這麼做一整天也沒關係。

「……我呀，雖然之前也有說過，但我不像香澄姊或者雫那樣子，有很明確的目標。雖然跟老爸承諾會在這段期間內找到自己想做的事情，但是目前我的腦袋裡面，還是一團亂……」

「今天聽見那個女生的故事，我就覺得——啊啊，就好像是以前的我一樣。」

「以前的……綾乃姊嗎？」

「嗯，學生時代的時候，那個時候也是被好多人圍在身邊，每個人都在稱讚我、每個人都在附和我、每個人都說我是對的，我總是沒辦法想太多，所以也很單純地接受那些讚美跟關注……可是到頭來，那些人都只是為了老爸、為了東雲的身分以及能夠帶來的利益而和我攀關係而已。」

綾乃姐一邊這麼說，一邊抓著沙發靠枕蜷起身軀，把自己的臉埋在裡頭。

「而且，我今天也才知道——就算不是什麼千金大小姐，也是會遭遇到各種困難和麻煩。明明比我更普通的人正遭受著那樣的痛苦，得天獨厚的我，卻還是在那邊嚷嚷著要跟他們一樣……現在聽起來，不只是刺耳，簡直就像是笨蛋似的。」

「……」

「……吶，如果從你的角度看來，會不會覺得……放置著東雲家這個身分不管不顧，喊著要用自己的力量完成夢想……其實是一個很笨的決定？」

過了一會，我才回答：「……嗯，是挺笨的。」

「……！」綾乃姊的身軀微微一震，接著抬起頭露出苦笑說道：「果然你也是這樣想嗎……也是啦，明明我生來就是豐衣足食，卻還想著像你這樣子的人很帥氣……明明你為了生活，已經竭盡全力，不敢有一絲鬆懈。相比之下，我只不過是在扮家家酒而已……」

「——但是，正因為是這樣子，才是我所欣賞的綾乃姊啊。」

「咦、咦？」

似乎被我說的話搞得有些措手不及，我笑著輕輕握住她的手，光滑而細膩的觸感傳遞而來。

「直來直往、有話直說，無論何時都直率地自由活著……那個總是為他人著想、為他人付出的綾乃姊……在我看來，可是非常帥氣的喔。」

「帥氣嗎……？」

「嗯！」我抬起頭，望著她有些迷茫的雙眼。「雖然綾乃姊妳總是覺得自己不應該利用太多家族的身分或是地位來完成夢想，我也覺得這樣想並沒有錯……但是，有些時候，就算生來就有比他人更好的環境，那也不代表妳的努力就可以被否定，或是被認為是倚靠父母得來的呀。」

「也許會有人想要利用妳的地位，所以妳才會想要與那個身分撇清關係，但是呢……這樣的身分，不可能永遠都只是被人利用吧？有些時候，肯定也會幫助到其他人……比如說，我。」

——要不是因為妳們的身分，我也許很難與妳們相遇。

「我們……我……用這個身分幫助了你？」

「嗯。」我點點頭再次肯定。「在這樣的家庭中長大的綾乃姊，為了讓我能夠多多體會到青春的快樂，絞盡腦汁，想盡辦法地試圖讓我了解，哪怕只有一絲一毫……不是嗎？」

「所以……請不要懷疑自己的想法是很笨的了。」我說道：「因為此時此刻——就在妳的眼前，妳已經確確實實地……幫助到我了喔。」

就在我這麼說完之後，一道黑影自我的視野撲來，緊接著是衝擊的力道，讓我失去重心地倒在沙發上。

「……太狡猾了……」

此時此刻的綾乃姊，雖然眼角仍然帶著些許淚珠，但同時眼神之中還有著如同猛獸般的攻擊性，看來好像是在不知不覺中，不小心讓她的「開關」打開的樣子。

「被你這麼稱讚的話……我不就又會忍不住了嗎？」

「反正綾乃姊本來就是很主動的人嘛。」

「嘻嘻……」

只見綾乃姊用著超級色情的樣子，伸出舌頭舔了舔嘴角，接著在我的耳邊輕聲低喃：

「……就像我們第一次那樣，我來負責動就好了……」

她的表情早已蓄勢待發。

「——讓我們，好好舒服一下吧……♡」

✽ ✽

「哈啊……綾乃姊……那個……」

「嗯……？這樣子舒服嗎？」

「……舒服，超舒服，所以……」

「嗯——但是還不行喔♡這可是剛剛你對我說了這麼多，害我心動不已的懲罰喔。」

現在的情況，是我跟綾乃姊兩人的私密部位都只隔著彼此的內褲，而綾乃姊跨坐在我身上，用著自己的下半身不斷地磨蹭著我的那裡——

被超級舒服的觸感不斷地挑弄，但是遲遲無法插入的感覺卻又讓我緊繃難耐……我只好不斷地喘著氣，哀求著綾乃姊盡快進入下一階段。

「綾乃、綾乃姊……」

「怎麼啦～已經忍不住了嗎～？」

「嗯……」

說來有些丟臉，但我竟然被綾乃姊的逗弄搞得坐立難安，還發出了十分可恥的聲音與喘息，然而綾乃姊看起來並沒有打算放過我，只是持續不斷地隔著布料磨蹭著，而且似乎還越動越快……

這樣下去不行，這樣下去的話就要被綾乃姊給牢牢掌握住主導權了——於是我伸出手來，搓揉著綾乃姊胸前那兩團又大又柔軟的部位。

「啊呀！真是的……就這麼急嗎？」

「這是為了……分散注意力……」

「嘿嘿，但只是這樣的話，根本就不夠呢。」

手指傳遞過去的觸感讓綾乃姊的身軀微微一顫，但又很快地恢復過來，露出笑容，將她的臉龐倏地湊近過來。

嗯啾、咕啾……

綾乃姊用著自己的粉嫩嘴唇將我的嘴巴完全堵住，彷彿要奪走我的呼吸似地不斷吸吮著。我能感受到她的舌頭正在裡面探索、強勢勾著我的舌頭，我與她之間交纏在一起，不斷交換的唾液讓我們快要分不清彼此。

直至極限，我和她才終於分開，我們之間沾連、懸掛在半空中的一絲口水藉著光線反射，加上綾乃姊此時的表情，都讓我變得更加興奮。

整個空間，似乎都瀰漫著那種醉醺醺的色情氣味。

「啊啊……明明是想要多欺負你一點的……」綾乃姊伸出手，輕拉著我的手慢慢摸向她的下半身，手指滑過，我可以感受到在布料之下，早已因為興奮而變得濕潤的部分。

「快……快一點……我想要好好的感受你，感受你的全部……」

聽見她這麼說，我便將自己的內褲稍稍褪下，讓直挺許久的部位慢慢地在外圍磨蹭、接著慢慢放入一些些——然後一口氣地深入。

「嗯啊！嗯噢噢……哈啊、哈啊、哈啊……」

溫暖的內部，可以感受到在蠕動的感覺，將我完全包覆起來，一跳一跳地的感受，伴隨著移動帶來的陣陣水聲。

「果然……還是這個……最棒了……」

綾乃姊用手指輕輕刮了一下我的胸膛，接著便開始慢慢地扭動著自己的腰。

時而上下、時而前後，不同的角度與力道，讓我差一點就在這陣快感中失去意識。

「哈、哈、哈啊……」

眼前的視線有些模糊，說不上是因為那種逐漸竄上腦際的朦朧暈眩感作祟，還是眼前那個正努力擺動著腰部的美麗女子身姿。

在這樣不斷的刺激之下，我很快就已經來到瀕臨爆發的感覺。

按理說會稍稍放緩速度，但綾乃姊顯然並不打算就這麼讓我稍事喘息。呻吟聲、肉體碰撞聲、似有若無的水聲……各種不同的聲音交織在一塊，再加上眼前因為動作而一晃一晃的肉色圓球，簡直像是在我的腦袋裡面舉行一場名為歡愉的暴力閱兵典禮。

在這樣的攻勢下，最終我完全無法忍住——

噗滋、噗滋滋滋——馬眼噴濺而出的白濁精液沾在穴口，以及大腿內側。

「啊啊……哈啊啊、哈……」

「哈啊……哈啊……」

連續的動作，似乎讓綾乃姊有些疲憊，她挪動著身軀，接著向後癱倒在沙發上。

……可惡，越想越不甘心。

我撐起身體，接著再度靠近綾乃姊——

「咦？慢著、我還沒有……嗯啊！」

我將綾乃姊壓在身下，而且讓她面朝著沙發，如此一來就更難掙脫……雖然本意是這樣子，但是……

汗水順著身體曲線慢慢往下，光滑的背部在我面前赤裸裸地展開，一覽無遺。

如此景色，加上此時的姿勢，以及綾乃姊試圖逃開而發出的輕微喘息——很快就讓我再度準備就緒。

就是現在——我毫不猶豫地朝著綾乃姊的體內猛然插入。

這是她剛剛欺負我的懲罰。

「嗯啊！哈啊、哈、哈啊……」

或許是因為沒辦法看見的緣故，每一次深入時都能夠明顯地感受到緊縮，綾乃姊的身體被我狠狠地蹂躪著，水聲混雜著肉體碰撞聲，在偌大的客廳裡格外響亮。

我看著綾乃姊隨著動作而擺動著的馬尾，突然有種很奇怪的念頭從腦袋深處竄上。

「啊、啊、嗯啊……咦？怎麼回……嗯啊！」

我伸出手，輕輕地、慢慢地微微拉起綾乃姊的馬尾，只是輕微的拉扯，並不會產生痛覺才對……但奇怪的動作，似乎讓綾乃姊嚇了一大跳。

當然，我不會就此停下，而是繼續加快速度。

「等一下！等一……哈啊、哈啊……不要……不要欺負我啦……嗚嗯嗯、嗯啊啊啊啊啊——！」

「剛才是誰一臉得意洋洋地讓我這麼痛苦的啊？」

「呼啊、嗯啊、哈啊哈……才、才不是我啦……呼嗯、嗯呀！」

我將手指輕輕勾住固定馬尾造型的髮圈，隨即將其扯下——接著，綾乃姊那一頭柔順的金色長髮就這麼如同瀑布般在背後散開，形成一道格外注目的風景線。

綾乃姊的身軀因為快感而緊繃、頭顱高高地揚起，既想要從現在的姿勢中逃離，又像是在享受著我與她之間的一切。

我在逐步加快動作的同時，也將身體往前壓去，索求著綾乃姊的嘴唇，與她身上的溫度。

「哈、哈、哈、哈啊……我好像、好像快要去了……嗯啊、哈啊、哈啊……」

「……我、我也快要……」

「可、可以喔……一、一起……哈啊啊……！」

精液和愛液混雜在一起，被包覆的陰莖感受著因快感而蠕動的肉壁。

隨著最後一次的深入，我緊緊地擁抱著綾乃姊，我們的身軀交纏在一起，我可以感受得到屬於她的心跳、屬於她的溫度、屬於她的一切。

直到結束過後，我們仍未分開。

……

「……你還真是……不知道該說是被動呢，還是說喜歡扮豬吃老虎呢。」

「對、對不起嘛。」

在那之後，綾乃姊一邊假裝生氣，一邊像隻小動物似地躺在我的懷抱中。

明明平常是個看起來很大膽的開朗姊系角色，但是這種小小的反差感反而讓她變得更可愛了。

「好像是時候要去準備晚餐了……」

「再等一下嘛。」
「……真拿妳沒辦法。」
我們就這麼維持著這個姿勢，任憑時間一分一秒地前進。
我的手指輕輕撫過，讓金色的髮絲自我的指縫中溜走，在這段期間，綾乃姊像是在想些什麼，時不時地會發出苦惱的聲音。
「在想什麼？」
「今天的事。」
「妳是說以前的感受嗎？」
「嗯。」綾乃姊偏轉腦袋，讓她的視線能夠與我四目相對。
「我決定了……也許你說得對。我太執著在要劃分開家族的那個身分與影響力，卻忘記了我自己就是在這樣的身分環境下，才會有現在的想法、現在的價值觀。」
「果然……我還是想要用自己的力量試著去幫助別人，但是這一次——我不會這麼生硬地想要把家裡跟自己劃分乾淨，畢竟家裡的力量……也是我的力量啊。」
家庭也好、背景也好——那並不是綾乃姊身上的枷鎖。
不如說，正是因為那些令綾乃姊不喜歡的身分，才讓綾乃姊成為現在的樣子。

既開朗、又體貼，會為了妹妹而挺身而出，也會因為自己做不好而傷心落淚。如此真誠的樣貌——正是我覺得眼前的女子無比耀眼的原因。

「……妳能這麼想，真的是太好了呢。」

「嗯，這也是多虧你喔。」綾乃姊坐了起來，伸出手輕輕捧著我的臉頰。

「——真是的，總覺得我從好久以前，就一直受到你的幫忙跟鼓舞呢。」

「也沒有這麼誇張啦……嗯？好久以前？」……真奇怪，難道我以前曾經見過綾乃姊嗎？沒有這部分的回憶呢……畢竟之前過著每天要還債的生活，其實也沒什麼可回憶的就是。

「……嘿嘿，這是秘密～」

「誒……」

綾乃姊站了起來，踏著輕巧的步伐在我面前轉了一圈，接著雙手撐腰說道：

「——無論是不是那個東雲家的有錢大小姐，只要你待在我身邊的話，那麼我肯定……就覺得有人正在注視著我，會變得更想努力！」

「我啊——會一直成為你欣賞的那個樣子的！」

「……我很期待喔，綾乃姊。」

「哼哼——那麼快點來準備晚餐吧！我也可以幫一點點小忙喔！畢竟之前也都會看著香澄姊在做菜嘛！」

看著綾乃姊開心地跑進廚房，我不禁露出一抹笑容。

——是啊，只要看著綾乃姊的樣子……就算未來的路會很困難，試煉也好、她們的夢想也好，我都能夠有一個為她們努力前進的理由。

至少現在這樣，就已經足夠了。

「——那綾乃姊，就先試著幫忙洗好今天的菜吧。」

我一邊說著，一邊邁向廚房。

今天，也注定是個飄著飯菜香的日常午後。

第3章

以那搖滾般的白色精神

「——妳和妳的母親長得還真像呢。」

那是從孩童時代起，就經常聽見大人們對自己說的一句話。

一樣的銀白色長髮、相似的雙瞳……母親是個很厲害的人，所以面對大人這麼稱讚時，小時候的自己總會將其當成一種讚美。

越是將自己跟母親的身影重疊在一起，就越能受到周遭人的肯定，於是自己一開始也曾想像母親那樣，甚至在很小的時候，似乎還有試圖模仿母親舉止的回憶。

那是既美好又溫暖的小小記憶。

——直到，自己真正理解到何謂「像母親一樣」的真正含意前。

……

「——雫，身為么女的妳是三姊妹中最聰明的，所以妳要更加對得起家裡的養育。」

「雫，無論是現在的同學也好、未來會遇見的人們也好，直到妳出社會之前，那些關係根本就無關緊要。」

「雫，坐擁最多資源的妳，行為舉止都必須符合東雲家才行。」

那些是父親從自己開始懂事之後，無時無刻掛在嘴邊鞭策自己的話語。

「與母親相似的妳——當然必須像母親那般優秀。」

或許是因為兩個姊姊帶給父親的經驗不太好，輪到自己的時候，甚至被安排在女校就讀。

也許在那個人的眼中看來，所謂的感情也好、人際關係也好，只要不是由那個人所安排的對象，就全部都是錯誤的。

生活也好、時間也好——所有的一切，都牢牢地掌握在父親的手中。

任何微小的偏差，都是不可饒恕的錯誤。

……為什麼？

為什麼只是跟母親相似，就必須和母親一樣優秀才行？

為什麼要逼迫自己學習這麼多的東西？

為什麼一定要行為舉止符合東雲家的規矩才行？

為什麼、為什麼、為什麼？

……不要。

不想要變成那樣。

不想要成為那樣。

不想要……就這麼不甘心地照著別人的意願活下去。

在這樣的生活裡，雖然不能稱得上了解，但和自己一樣的遭遇，讓兩名姊姊比其他人更清楚自己的痛苦之處。

就算是這樣，兩名姊姊選擇的路也不盡相同。

大姊香澄選擇了壓抑與順從。

和自己年齡較近的二姊綾乃，則是選擇消極與逃避。

那麼自己呢？

自己並沒有香澄姊那樣的溫柔，願意將這些痛苦默默吞下。也沒有綾乃那樣的直率，選擇以自己的任性去暫時逃離父親的要求。

……破壞吧。

在內心深處的某個地方，某個聲音如此低語。

契機是某次在班上時，突然發現有一小批人正在私下偷偷傳閱某個書本。

那是由某個同學在假期結束後偷偷帶進學校的小說——當然，肯定是違規物品。
就算如此，正值青春的同學們似乎都對其內容充滿興趣，自己同樣也包括在內。
那是第一次接觸到這種類型的書籍，內容中的描述讓自己的心裡微微一震，一種無法言喻的感覺自內心慢慢浮上，像是某個沉睡已久的渴望與衝動即將噴發而出。
破壞吧。

「……那個，妳在聽什麼？」
「誒？東雲同學妳對這個有興趣嗎？」
「因為妳好像聽得很入神的樣子……」
跟輕柔華麗的古典樂、或者是震撼磅礡的交響樂不同。銳利、帶有攻擊與破壞性的旋律在耳內炸開，高頻的衝擊與低頻的震盪迴盪在體內亂竄，似乎連心跳聲都與之共鳴。
世界在那一刻突然變得多彩起來。
名為搖滾的音樂、名為官能小說的創作——在自己的心裡刻劃出顯而易見、無法抹滅的痕跡。

自己過去的生活，如同被設定好的人偶。

在這個充滿框架的世界中、在這充滿規矩與責任的家庭裡。

既然父親不想要讓自己跟兩個姊姊那樣，試圖將自己的可能性扼殺在名為責任與身分的搖籃中……那就只好用更加激烈的手段來回應。

所以──破壞吧。

那就是東雲雫，以搖滾與反叛之名開始掀起革命的人生樂章。

從那之後，自己偷偷瞞著父母親買東西的次數增加了。

在房間的隱密角落，一本又一本的小說悄悄堆疊起來。也許實體書容易被發現，那麼就用電子書的方式購買──綾乃對於網路相關的東西總是很拿手。

當父親走入房間，巡視自己是否有在認真學習時，長長的銀色髮絲下，卻藏著小小的藍芽耳機──那是香澄姊在一次工作回來後，偷偷塞給自己的禮物。

姊姊們雖然經歷了這麼多，卻還是願意為了自己而給予幫忙和支持，這讓自己感

夏色四葉草
後日談 ~在那之後的她們~

動……雖說如此，還是沒有把試著寫出來的小說拿給她們看。死都不要。

從一開始只能寫出破碎的文字，到參考他人的作品後慢慢吸收……無論自己寫得好不好，但寫東西的過程總是讓自己覺得開心。

漸漸地，可以感受到自己的文字變得越來越流暢，劇情開始連貫起來，能夠做到的事情一天比一天多──這種成長的感覺，比起過去學習眾多才藝時，都還要更加切實地感受到因為變化的喜悅。

這樣下去的話，是不是有一天……能夠試著投稿看看呢？

不不不，還為時過早，現在的自己只不過是業餘，不，連業餘都算不太上。

……但那又怎麼樣呢？

覺得自己做不到、覺得自己還沒有資格……都是人們所制訂出來的規則。

規則，就是用來打破的──所謂的搖滾，不就是朝著難以企及的目標與規矩發起衝擊嗎？

只要持續努力，只要持續進行下去……那麼肯定有一天能夠完成這個夢想。

在一切逐漸變好的氛圍中，自己是如此堅信著的。

樂章本該持續譜寫下去。

——直到摔碎在地的電腦，與反抗的樂章一同戛然而止。

「——這是什麼東西……妳竟然浪費一大堆時間，就花在這種不堪入目的東西上面？」

或許是太過順利的發展，讓自己不小心鬆懈了。父親在知道自己平常的「喜好」之後，自然怒不可遏。

然而，就在自己的電腦被高高舉起、重重摔下的那個瞬間——自己的內心深處，似乎也跟著多出一道裂痕。

或許從那個時刻，自己才真正理解到「革命與反抗需要流血」的事實。

之後的事情，已經有些記不太清了。自己只是衝回房間，用盡自己最大的力氣狠狠關上門，把自己的腦袋埋在枕頭之中，什麼都不想去思考。

隔音良好的房間外傳來爭論聲……那是誰的聲音呢？是香澄姊、還是綾乃？

無所謂了。

父親很快就做出了決定，將自己和兩個姊姊全部送往偏遠的鄉下，在那個地方，是父親與母親相遇之處。

「妳們要學習像母親那般的溫柔、體貼、優雅——」

熟悉的內容，跟如今已經截然不同的意思與感想。

……到頭來，自己還是沒能逃離嗎？

不僅如此，還把兩個姊姊一同拖下水……如果只是自己的話就算了，但是明明姊姊們並沒有做錯什麼事情，卻還是要跟自己一同受罰。

這就是……代價嗎？

……

……破壞吧。

革命也好、反叛也好，那些都不是一蹴而就的目標。

就算滿目瘡痍、就算遍體鱗傷……持續地，向著「不公平」吶喊。

那才是「搖滾」。

沒有電腦又如何？來到偏遠的地方又如何？

這些都不是阻止自己燃燒的理由。

破壞吧！

就在這個地方，就在這段時間裡。

我將持續燃燒，直至我的吶喊傳遞出去——

抱持著這樣的想法，名為東雲雫的人生，就這麼迎來了變革的第二樂章——

✤✤

夏至之後，距離陽光升起的時間就變得越來越晚了。

即便如此，我的工作時間還是沒有改變——硬要說的話，就是早上起來的時候覺得外面沒想像中這麼亮，覺得有些可惜而已。

十月的早晨，我一如往常地將早餐跟咖啡準備好。

雖然今天大家貌似都沒有什麼活動需要出門，不過我今天反而有行程。

「……那個，早安啊……哥哥。」

正當我還在整理廚房的時候，某個小小的聲音自外面傳來，我轉過頭看向聲音來源，正好看見自門口旁探出腦袋，一頭銀色長髮順著垂下的文靜女子。

「喔，今天很早起呢，雫。」

「因為……今天是……」

「哈哈哈，原來雫很期待嗎？」

「那當然啊。」

「總之，先吃完早餐吧，然後我們等等整理一下就出門。」

「……嗯！」

——今天，是我跟雫要出門約會的日子。

至於為什麼會突然變成這樣，則要回溯到幾天之前……

「……怎、怎麼樣？」

「嗯，我覺得這一段很不錯啊。」

那是一個平凡不過的下午，我正在幫雫看稿。

之前在鄉下的那段時間，藉由幫忙看稿的這層關係，我和雫拉近了距離，在那之後，雫時不時就會把寫好的稿件拿給我。

不過那一天，雫在聽到稱讚之後露出笑容時，似乎眼神之中帶有一絲絲的猶豫。

「怎麼了嗎？」

「誒？沒、沒什麼……」

雫欲言又止，但過了一會還是開口：「雫、雫我啊……其實之前有去投稿。」

「誒？是這樣嗎？」原來分開的那段時間裡，雫已經試著投稿過了嗎？不過，既然會這麼說的話，那就表示……

「……被、被拒絕了嗎？」

「我也不知道……不過沒有任何回信，我想應該是被拒絕了吧……」

「也有可能只是因為出版社那邊還來不及看雫的稿子喔。」

「可、可是……該怎麼說呢……」

雫看上去有些苦惱，花了一點時間才把文字組織起來。

「那個……哥哥不會覺得，故事裡面的場景有些限制嗎？」

「限制？」

說起來，雫現在正在努力的小說，大部分的場景都發生在家中——雖然有些不好意思，不過雫應該是參考了很大一部分我跟她之間的日常相處與互動。

既然這樣的話，雫是覺得場景設計還能夠再更多元一些嗎？

「這麼想的話，好像確實可以在這方面稍稍加強一下……」

「既、既然這樣！」

雫突然湊了上來，近到讓我能夠聞出那一頭長髮傳來的淡淡香氣。

那名銀髮女子與我四目相對，用著緊張、又有些期待的表情向我說道：

「——那，請哥哥跟我一起……約、約會吧！」

——於是，就變成現在這樣了。

雖然有些出乎我的意料之外……我本以為以雫的個性，應該會盡量避免跑到人群眾多的地方才是。

不過，既然雫自己想要嘗試看看……朝著改變自己的方向邁進，那麼我當然要全力支援才對。

「行程全都交給我安排就好！」當時雫這麼興致高昂地向我說道。

說起來，雫安排的行程是什麼呢？從今天早上開始就一副神神秘秘的樣子。

吃完早餐之後，我回到房間換了一套衣服。白色T恤搭配牛仔褲，外面再穿一件棕色的薄外套——雖然外面看起來天氣不錯，不過偶而還是會有點涼意。

走下樓梯，雫已經在門口等著我，襯衫與裙子的搭配，加上灰色毛衣跟黑色褲襪的點綴，果然還是那個熟悉的風格。

「走吧，哥哥。」

她伸出手攬住我的手臂，像是急著想出門踏青的孩子一樣小聲地催促我。
「是是，出發吧。話說我們今天要去哪裡呢？」
「今天的話……是這個！」雫從包包裡拿出兩張票。「音樂廳的門票，今天早上先一起去看舞台劇！」
「原來是舞台劇嗎？」真是意外的選擇，我本來以為雫只會參加那種搖滾樂團的演唱會而已。
「嗯！」雫開心地點點頭。「這個舞台劇的編劇……我很喜歡。」
啊，原來是這個原因嗎？
雖然類型有些不太相似，不過無論是小說，或者是舞台劇，本質上都是在敘述一個故事。
即使在描述、著重的部分有些差異，但是偶而接觸一下不同類別的創作，或許對於創作者而言也算是一種好事。不只能夠轉換心情，也能夠發現自己不足的部分。
不過，雫能夠發現這一點並加以利用，確實應該要好好地稱讚她。雖然有一部分的原因可能是舞台劇不用接觸到太多人，只要安安靜靜地看著舞台上的演員們，這樣輕鬆的行程意外地挺適合雫的個性也說不一定。

既然如此，我便開口問道：「那麼要開車過去嗎？這樣是不是比較方便……」

「不用不用，我們搭大眾運輸過去就好。」雫露出一抹害羞的微笑。「那個……想跟哥哥一起……體驗一下。」

「是嗎，看來是我太不解風情了呢。」我笑著牽起雫的手。「那就出發吧，今天可要麻煩雫好好帶領我了喔。」

「……嗯！」

她用著燦爛的笑容回應。

大眾運輸的地下鐵跟家裡的距離大概是走路五分鐘左右，至於音樂廳則需要搭乘約半個小時的車程。

因為是假日的關係，雖然肯定沒有上班日這麼誇張，但候車區還是有不少人。在等待的空閒時間，可以聽見右後方的小孩正在與父母開心地說著話，喧鬧聲充斥整個空間，但也沒有到會讓人厭煩的程度。

不如說聽著那些小孩子天真的話語，偶而還會讓人有種會心一笑的感覺。

我注意到雫的手正有一點點不安地握著側背皮包的肩帶，不過臉上的表情倒沒有太過緊張的樣子。說起來雫並不是真的很怕生，只是很不習慣應對過多的人群而已。這讓我想起剛開始遇見雫的時候，也是像現在這般生人勿近的感覺。

當然，如今的雫連露出這種表情，都讓我覺得很可愛就是了。

遠方有著微風吹來，那是電車即將進站的訊號。為了避免在人群中被沖散，我握住了雫的手，一起踏入車廂中。

「說起來，雫是從什麼時候開始關注舞台劇的呢？」

有些擁擠的車廂內，我隨意地找了個話題閒聊。

「嗯……最早是在查喜歡的樂團什麼時候要舉辦演唱會……」雫歪著頭想了想，接著這麼回答。「不過之前我就有想過要看看舞台劇了，只是沒有合適的機會……一個人去看的話，總感覺有些孤單。所以哥哥今天願意陪我一起來，我覺得很幸運喔。」

——我懂，我懂的。我聽著雫的回答，一邊深有同感地點點頭。

就跟一個人去看電影或者一個人去吃烤肉一樣，雖然這是正常不過的活動，但就是會讓人有種「啊，好像哪裡不太對」的感覺。

但是一個人看電影也很不錯啊！雖然我也知道跟朋友一起討論電影劇情是一件很棒的事情，但是有些時候一個人慢慢感受著劇情帶來的餘韻明明也就很棒才對！

當然，我並沒有太多去電影院看電影的機會就是了，不過以前在各種地方打工的時候，就曾經在一間電影院附近的餐廳裡當服務生。

那個時候，在送餐時總會聽見人們開心地討論著劇情，確實有一點點羨慕。

至少現在，有人願意陪我一起去看舞台劇，真的很令人感動，雖然我是被邀請的那邊。

除此之外，我也發現雫比我想像中還要更加積極地完成自己的夢想。

雖然這麼說似乎有一些奇怪，但在我過往認識的人之中，當然也是有那種嘴上說著為了夢想云云的人，卻不實際做出行動。或者只是單純地往自己偏好的部分去執行，反而疏忽或者排斥不同類型的融合。

固執地認為這樣就是最好的，而且覺得自己才是正確的大有人在。平心而論的話，也許我也很難真正做到不帶任何顏色地自我審視，比如靜子小姐就老是指責我喜歡攬事，而且很容易一股腦地讓自己陷入事情之中。

即便如此，雫也在確實地改變著。

自顧自地埋頭苦幹，不接受任何的話語，只是一意孤行地猛衝——剛到鄉下時的雫就是那樣，宛如受了傷又找不到出路的猛獸，只是固執地朝著名為「夢想」的某種概念橫衝直撞。

現在的雫，則是更加明確地找到具體的目標，並且思考著自己該怎麼做才能變得更好——光是這一點，就絕不能說她在鄉下的那段時間毫無改變。當然，不只是雫而已，我們所有人……都在那段時間裡有著各式各樣的成長。

正因為如此，現在的我才會在這裡。

「……嗯，我也覺得能被雫邀請很幸運。」

我一邊說著，一邊伸出手摸了摸她的頭。雫露出十分幸福的笑容，同樣用手輕輕摩娑著我的手背。

再過一段時間，電車就要到站。

從地下通道走出，飽滿的光線讓我稍稍瞇起眼睛。

整齊的道路、喧囂的人群，出現在我眼前的，是那個外觀看上去如同機械心臟一般氣勢恢弘的巨大建築。

極具張力的曲線與反射著陽光的金屬光澤，矗立在路口的中心地帶，如同海浪般延伸的線條似乎反映著這棟建築的用途，將音符透過這種設計呈現在眾人面前。

跟石造建築那種沉穩、典雅感不同，金屬建築在承襲著現代設計風格同時，似乎也有別於過往人們對於機械那種冷冰冰的感受。線條與交錯的平面，就像是一首由鎚子敲打、濺出火花的交響詩篇。

「真壯觀……」

這是我第一次來到這間位於市中心的音樂廳，過去只有看過照片的我第一次看見實景時，同樣不自覺地被這種大刀闊斧的設計所驚豔。

距離開演還有一小段時間，正好能讓我們進去四處參觀一下。

走入室內，承襲同樣的設計風格，將海浪的元素融入至建築之中，讓人站在此地，卻像是可以聽見海浪的聲音一般。

音樂廳的外面，似乎有建立一個小型的公園，或許是因為假日的緣故，透過大片的落地窗能夠看見外面有不少小孩正在嬉戲。造景噴水池隨著喇叭播出的音樂時不時地噴出水柱，引來一陣陣的嬉鬧聲。

我和雫找了個地方坐下，正當我好奇地四處張望時，雫則拿著手機不斷輸入什麼。

「是小說嗎？」

「嗯，如果想到什麼的時候，就先把現在看到的景象和心情記錄下來。」她回答。

「雖然不一定是當下需要的……但當成資料庫也不錯。」

「這種方法，我以前好像也有聽過。每個作家似乎都會有自己的習慣，收集素材的方式也不盡相同。」

以前在當助手的時候，也有遇過作家習慣用好多現實圖片作為素材。當劇情需要描述某種虛構的東西時，就從中挑選相近的風景或圖片，並加以描述與增加新的元素進去。

雖然聽起來很簡單，但能夠在合適的時候找到合適的素材，本身就是一種天賦。諸如文字與色彩的使用，這些都是平時可能會忽略，但真正需要用到的時候反而會忘記的小細節。

如此說來，雫現在距離畢業應該還有一年，雖然我並不曉得平常的課業究竟有多繁重，不過腦袋本來就很好的雫，總是讓我有種對任何事情都很游刃有餘的感覺。

果然頭腦好的人寫小說，感覺起來就是輕鬆多了。

「話說這次的舞台劇，有什麼簡單的劇情介紹嗎？」

「有喔，好像是跟責任與命運有關的故事。」

「突然變得沉重起來了呢。」我本來以為會是更歡樂明亮一點的劇本呢。

雫聽見我的小小吐槽，不禁噗哧一聲笑了出來。

……不過，既然是雫選擇的舞台劇，我相信肯定有什麼過人之處。一旦這麼想，我發現自己似乎比想像中更加期待開演的時刻。

又過了一會，發現時間差不多的我們便跟著人群開始往廳內移動。

——與外面冰冷的色彩截然不同，廳內的色彩多是由木質材料所構成的溫暖色調。

淺灰色的座椅摸起來十分舒服，坐下去的時候彷彿會陷入進去一樣。舒適的環境搭配上燈光的渲染，讓我有一點點昏昏欲睡。雫在我身邊坐下時一直滑著手機，似乎是在確認後續行程。

「話說這個結束的時候大概幾點呀？」

「嗯……如果沒有誤差的話應該是十一點多，接近十二點左右。」

「既然這樣的話，等等午餐打算在哪邊吃呢？」

「附近有一間專門賣海鮮料理的店，聽說很不錯。」

「嘿……看來雫真的很認真在規劃呢。」

「當、當然啦。」

一邊說著，雫又更加朝著我靠近了一些。

「怎、怎麼了？」

「哼哼——我要跟哥哥好好撒嬌……」

「是、是這樣嗎……」

從以前我就挺意外的，三姊妹中雖然綾乃姊看起來很大膽、香澄姊也是那種落落大方的人，相較之下雫就稍微……冷淡一點？至少初印象的時候是給人這樣的感覺。不過一旦熟稔之後，反而是雫跟我之間身體接觸的機會變得最多。

雖然就結果論來說，這也表示我占了不少便宜——但一碼歸一碼，我可不是在享受這種感覺喔！我只是很盡責地完成雫心目中哥哥的形象而已！

前方的燈光開始閃爍，那是準備開幕的信號，紅色的布幕隨著音樂拉起，或許是環境與氛圍的渲染，讓我很快就投入至劇情當中。

正如同雫之前說的一樣，故事的主題圍繞在「命運」展開。主角雖然生來就被決定好人生的軌跡，但卻還是為了自己想要的事物而不斷努力。即使只要順從命運的安排就能夠毫無痛苦地度完一生，卻還是毅然決然地選擇了荊棘之路。

「——就算那是安逸平穩的未來，也不是我所喜歡的生活！」

舞台上的演員聲嘶力竭地朝著眾人喊著。

——不想成為提線人偶，成為命運的奴隸。

——我的道路，由我自己去創造。

前進吧、前進吧、前進吧。

唯有這個精神……不能讓給任何人。

……

比想像中還要更加振奮的劇情，讓我原本因為環境而被影響的些許睡意完全驅散，眼角餘光正好看見雫的表情……被銀色髮絲遮蓋，只能透過些許間隙看見的眼睛，此時正聚精會神地望著舞台上的一切。

這麼說起來，這個舞台劇的核心主題，跟雫自己過去的經歷也有些許相似。

同樣都是受到既定的路線限制、同樣都想要為了自己喜歡的事物而踏出舒適圈，當舞台上的主角如此拚盡全力地朝著世界吶喊時，雫的心裡……是不是也有類似的想法呢？

那肯定是非常痛苦的一件事吧。

姑且不論追尋夢想這件事情本身會不會帶來痛苦跟挑戰，光是要在那樣的家庭中發起反抗，本就是一件天方夜譚。實際上，她們也是曾試圖反抗，卻反而受到更大懲罰的「失敗者」。

即便如此，就算是在這麼黑暗的時刻中，雫也依舊沒有放棄自己想要做的事。

沒有電腦，乾脆就用手寫的方式。

不被認同，那就直接挑明了自己會用自己的力量去完成。

並不是因為確定會成功，所以才決定前行。

只是單純地，想要朝著那個方向筆直前進，向著所有人展現出唯有自己才能演奏，無比尖銳的反抗音符。

我對於能夠這麼做的雫……由衷地感到耀眼和欽佩。

……

「哈啊——真是個好劇本啊！」

經過了一段時間後，我和雫跟著散場的人群走出音樂廳。

一路上，我們依舊在討論著舞台劇中的劇情，以及那些被我們兩人不小心忽略的細節跟暗示。

雫的表情看起來十分高興，就連笑的時候都保持著笑瞇成眼的樣子，看上去非常可愛，根本就不需要什麼額外的形容詞。

太好了呢——老實說一開始，我還擔心「命運」這樣的主題會讓觀眾們散場出來的時候通通哭得一把鼻涕一把淚，劇本的走向不是《羅密歐與茱麗葉》那種悲情愛情劇真的幫大忙了。

「哥哥喜歡真的太好了。」雫說道：「我一開始有些擔心哥哥會不會不習慣那種主題……」

「比想像中還要有趣很多！謝謝雫今天帶我一起來。」

「嗯！」

雫拿出手機做最後確認，接著說道：

「時間也算得剛剛好……我們直接過去餐廳吧。」

「沒問題。」

雫帶我來的餐廳，是一間看上去很精緻的白色建築，室內則用採光非常好的設計，明亮的空間讓人的心情不自覺地好了起來。

雫選擇了一個靠窗的位置，從這裡能透過大片大片的玻璃，看見城市的流動。當我接過菜單時，稍稍皺了一下眉頭——果然這樣子的餐廳，在價位上肯定也不便宜。

不過雫似乎是發現我的表情，只是笑著叫我不要太在意。

「今天的支出都由我買單喔！哥哥只要享受這個過程就好了。」

雖然能夠讓別人買單聽起來是很讓人心動啦，但是這不就更進一步證實我就是個白吃白喝的小白臉了嗎！我在內心如此吐槽。

當然我自己肯定知道事情並不是這麼單純，但從純粹的外人角度看起來，我就是個被女方包養起來的無能男生啊啊啊啊——！

我只好拿起菜單把自己的臉遮住，同時祈禱剛剛雫的話沒有被任何人聽見。

極力讓自己的存在感下降的結果，就是我沒聽清楚雫到底跟服務生點了什麼——當然，也有可能是因為雫在跟服務生點餐的時候也十分小聲的原因。

既然這樣，我就當成是某種小小驚喜，期待著等一下會送上來的食物了。

「話說回來，雫。」

「怎麼了嗎，哥哥？」

「目前有收集到什麼適合的寫作素材嗎？」畢竟這才是今天最重要的目標啊。

「……！」

下一秒，原本白皙的臉蛋上猛地染上淡淡紅色。瀏海垂下，蓋住了雫的雙眼，低著頭羞赧地不敢讓我看見她此時的表情。

「……因為太高興結果不小心沒注意到嗎？」

「……對、對不起……」

「不，這也不是什麼需要道歉的事情啦。」我趕緊說道：「而且啊，所謂的寫作素材呢，其實一直都是從日常中汲取靈感的喔。要是為了收集素材而這麼做的話，反而會忽略更多東西。」

「忽略……？」

「嗯，雫覺得一起出來開心嗎？」

「當然很開心！」

「那麼，只要記住此時此刻開心的情緒就好了。」我說道：

「只要記住這種心情，那麼剩下的回憶就會慢慢浮現，並在需要的時候拼湊成雫需要的樣子喔。」

「……」

似乎是被我的說法給說服，雫這才重新抬起頭來，用手背抹了抹自己的雙眼。

「……我知道了，我會把哥哥的話記在心裡的……！」

「不，倒也不需要記得這麼清楚啦。」

「呵呵。」

在我們彼此相視而笑的時候，服務生也送上了第一道餐點。

「這是……海鮮巧達濃湯嗎？」

「聽說是這間店的招牌喔。」

「看起來確實很好吃……喔喔！」

入口的口感十分滑順，同時濃湯裡面的食材也非常豐富。用上了貝類、培根、奶油等多種不同風味疊加的味道，在嘴巴裡面迸發出來。

「兩位好，接著要上的是這個料理。」

服務生端著一個大盤子走了過來，上面裝著用料十分豪華的鮭魚炒飯，還用不知道是什麼種類的葉子作為裝飾鋪在盤子上，再將炒飯置於葉子上頭。

看服務生的架式，我突然覺得事情不太對勁。

「雫，妳究竟點了幾道菜啊？」

「嗯……很多道？」

「我們兩個人吃得完嗎……」

「哥哥，加油。」

「竟然是精神支持論嗎！」

看來似乎是因為這裡是以海鮮料理著名的餐廳，喜歡海鮮類的雫一個不小心就點上了癮。最終我們兩人的桌上，放著鮭魚炒飯、炸海鮮、海膽義大利麵、龍蝦堡佐奶油馬鈴薯泥等各式各樣的菜色。

「……對不起。」

「不、不會啦……我會盡力的。」

還好桌上的菜色種類不少，但每一道菜色的分量倒是沒有很多，稍微撐一下的話應該是吃得完……不過話說回來，每一道菜色的味道都非常棒，讓我一邊享用的時候，也順便把這些味道記下來，看看回去之後有沒有辦法將其重現。

當然，雫本身的食量也不算小——說到這個，我總是很羨慕她們能夠每天吃下這麼多東西，身材卻幾乎完全沒有走樣，或者說……營養都很確實地長在需要的地方。

特別是雫，明明每天都要來點巧克力泡芙、巧克力布丁之類的熱量殺手當成飯後點心，但還是看上去如此苗條。

可惡，好羨慕……我一邊含淚啃著炸魚條，一邊在內心對於基因的無情而暗自感嘆。

午餐很好吃，多謝款待。

✤
✤

在我們離開餐廳後，隨即又前往附近的購物中心。

當然，在我們結帳離開餐廳前，我看著那長長一條的帳單跟金額，思考著究竟自己是用了什麼方法，把那麼一大堆食物塞進胃裡面的。

多虧如此，我現在肯定得在購物中心走一大段路，試圖用沒有意義的心理安慰來寬恕自己暴飲暴食的惡行。

至於購物中心，也算是市中心的地標之一。有著九層樓高、加上超寬廣的占地，幾乎每到假日就是人們前往活動的必去場所。

反正無論消耗的是卡路里還是薪水，總會有一個東西得留在這地方，簡直就是等價交換的極致展現。

「……哥哥，有什麼想買的東西嗎？」

隨著我們逐漸接近購物中心，雫這麼問我。

「嗯……說得也是呢，雫有沒有什麼想買的呢？」

「果然還是專輯……不，既然難得來到這裡了，果然還是要多買點別的東西……衣服之類的話，平常都是香澄姊負責挑的。」

「說到服裝搭配，我也不太擅長呢。」

「……」

「總、總之……進去之後先到處晃晃吧，好嗎？」

再這樣下去，在今天的約會結束之前，雫大概會以消沉模式來結束這一天。明明是這麼認真努力地準備行程，擔心我會不會不喜歡，在出發前都還是十分緊張的雫……我可不允許付出這麼多努力的她，最後要迎來不那麼完美的收尾。

雖說如此，假日的購物中心人潮比我想像中還要誇張。還沒進到購物中心，只是還在外面排隊時，就可以感受到附近幾乎到處都是滿滿的人群。

也許是因為不習慣面對這麼擁擠的人群，我在下一秒感受到自己的手掌傳來某種冰涼觸感。

是雫的手，而她臉上此時的表情，則是顯而易見的不安。

我伸出手，輕輕地摸著雫的頭髮——就跟每一次雫來找我撒嬌時那樣。

「沒問題的，雫不也很期待今天的約會嗎？」

「……嗯、嗯！」

既然我們顯然對服飾跟化妝品之類的東西沒什麼研究，那麼一樓那些充滿胭脂香氣的專櫃肯定就不是目標……已經吃過飯，所以地下街也不是合適的去處……對了！

我在走進大門時特意看了一下樓層簡介，果然找到了想要的店家。

沒有記錯的話，八樓那邊有一間非常大間的書店。

暖色系的書店裝潢，像是把世界的喧鬧隔開那般，只是踏入其中就能夠感受到靜謐的氛圍。人們紛紛在書櫃前駐足，有些像是在尋找著什麼、有些則只是安靜地拿著一本書籍緩緩翻閱。

或許是因為周遭沒有這麼吵雜，雫的表情看起來放鬆許多，只見她快步走到其中一個書櫃前，興致勃勃地翻閱著……看起來她會在這邊待上一段時間，我簡單打個招呼之後便獨自來到其他書區。

書本封面上琳瑯滿目的食物照片吸引了我的注意，說起來有一段時間沒有好好看過烹飪類書籍了，不曉得現在又有什麼新奇的料理和作法能夠參考。

對於每天的餐點，同居的四位女性向來給予高度評價。但作為一個自認料理還算挺擅長的人來說，可不能夠就此止步不前。

一邊翻動書頁，一邊把感興趣的內容記下來——雖然用拍照的可能會更快，但這就實在是太過頭了，起碼還是得尊重每本書的作者才是。

不過翻了一會之後，我意外地發現書本內容其實還蠻適合初學者。雖然香澄姊並不算是新手，不過裡面的菜色也是香澄姊可以去擴展跟練習的地方。

既然這樣……我看了一眼後面的標價，價格也不算太貴。最終我還是選擇把書本拿在手裡，繼續前往下一區。

在舒服的空間裡，時間流逝的速度彷彿也變快許多。明明感覺沒過多久，實際上在書店裡已經待了不少時間。

雫還是留在原本的書區嗎？我回到和她分開的地方，果然留著一頭銀白色長髮的女子依舊坐在角落，身旁的書已經堆成一座小山。

「看到什麼有興趣的書了嗎？」

「嗯，這些我都很喜歡。」雫抬起頭，用著十分滿足的表情向我說道。

「哥哥呢？」

「我也找到一本烹飪相關的書，回去可以多多嘗試更多新料理。」

「希望有巧克力相關的甜點。」

「沒記錯的話，我記得美食區那邊有賣冰淇淋？」

「哥哥總是這麼體貼。」

「我都還沒說要去吃呢。」

「嘻嘻。」

我寵溺地摸了摸雫的腦袋，感受著髮絲滑順的觸感，雫也微微瞇起眼，看起來十分舒服地享受著我的觸摸……這個畫面，簡直像是家裡養的貓咪正享受飼主服務那樣的感覺，讓我不禁笑了出來。

現在的書店，除了賣書之外，還有其他各式各樣的東西，雖然仍然以書店作為稱呼，實際上已經更加接近如文創產品等各類小物品的賣場。

其中讓我感興趣的，是一處擺放各類室內薰香精油的展示區，各種氣味混合在一起竄入鼻腔，差點讓我一時間在這名為香氛的迷宮中失去方向。

「哥哥對這個有興趣嗎？」

「該說有興趣嗎……應該是某種必然的結果？」

「你在說什麼……」

仔細想想，大家的房間似乎都有一些屬於自己的裝飾跟風格。

比如香澄姊是相對簡潔，但擺放著的雜誌時常給人一種時尚感；綾乃姊的房間有著跟本人相當大的反差，用著各種可愛的動物布偶裝飾。

雫的房間則是堆放著各種書籍，以及仔細排好的唱片專輯等。當然，除此之外雫桌上的電腦看起來也非常高級，在整個房間裡相當顯眼。

至於靜子小姐……雖然房間看起來很簡單，不過得擔心她會不會偶而亂丟衣服、或者是在衣櫃裡和床底下偷偷藏了酒……

總之，無論是誰，她們的房間都充滿著自己獨有的風格，除了我之外。

從我搬進那間屋子之後，房內幾乎就沒有什麼太多變化。一來是我本來就沒有什麼愛好，二來是我也沒那個閒錢來支撐我產生一個愛好。

既然視覺上肯定沒辦法產生什麼變化，那不如從其他地方著手。

話雖如此，其實我對這類精油也沒什麼研究，什麼幫助睡眠啦、緩和心情啦之類的效果，通常我看了也只是感到昏頭。

只是單純地尋找自己喜歡的氣味——對我來說，最重要的果然還是聞起來舒適就好。

「嗯……我要不要也買一個呢？」

「雫的話比較喜歡什麼味道呢？」

「巧克力。」

「那個應該不能算精油香味喔。」

聽見我的吐槽，雫笑得很開心。還要特地裝傻讓我吐槽，真是辛苦她了。

「如果一時間拿不定主意的話，可以直接拿起來聞。」我用手指比了比桌上那些長條狀的紙片，上面噴著些許精油，可以透過這個方式試聞。

「嗯……」雫小心翼翼地用指尖捏住一張紙片，湊近鼻前嗅了嗅。

「怎麼樣？」

「完全分不出來。」

「我想也是呢。」

香水也好、精油也好，雖然都會依據各種場合，喜好或是用途而產生不同的配方。

但對於剛開始接觸的人而言，可能會分不清究竟是用什麼配方調配出來的，這其實很正常。

看著因為挑選香氣而皺起眉頭的雫，我想了一會之後說道：

「如果只是想要香味的話……」我伸手拿起一個小瓶子。「薰衣草怎麼樣呢？我個人蠻喜歡這個味道的……」

「嗯，那就這個。」

「咦？完全不考慮的嗎？」

「我想要用跟哥哥一樣的。」

「是、是這樣啊……」

「不喜歡嗎？」

「才不會不喜歡！只是……有點害羞。」

「……呵呵。」

——啊，可惡，未免太可愛了吧！看著雫的表情，實在難以拒絕她的任何要求。

最終，我提著兩個袋子走出書店。一個裝著各類書本，另一個則裝著兩個香氛瓶。

「哥哥，巧克力、巧克力！」

「是是，雫已經變成小孩了吧。」

「我是在用力撒嬌！」

我和雫一邊聊著天，一邊來到販賣冰淇淋的地方。

果不其然，這裡同樣充滿人潮。

「哥哥在這裡等就好！」沒想到在這個時候，雫卻阻止我準備去排隊的行動。「今天哥哥陪我到處去玩，所以雫我呀……想要幫哥哥買冰淇淋！」

「誒？沒、沒問題嗎？」

「沒問題！雫可是成熟的大人！」

留著一頭長髮的女子朝著我揮了揮手，接著慢慢擠進排隊人群中。

既然雫都這麼堅持，我自然也沒有什麼拒絕的理由，於是我拿出手機——雖然是智慧型手機，但還是非常舊的款式——傳訊息回家確認其他人的狀況。

大概是因為午餐吃得夠飽的關係，現在的我完全不會感到飢餓，而且總覺得晚上可能也不需要吃……這就像是跑去自助餐暴飲暴食，把一餐當成三餐吃的感覺嗎？我一邊回想著以前在電視上看過的形容，一邊告訴還留在家裡的人不必替我們留晚餐。

從現在的位置，可以稍微瞄見雫那一頭顯眼至極的銀色長髮。

說起來，雖然一開始曾經設想過會長夫人，也就是她們三姊妹的母親會有所相似，但我倒是沒想到會長夫人的外表竟然會跟雫如此地相同……當然，從氣勢和其他各種地方來看，還是能夠分出差異，但是初次見面時確實嚇了我一跳。

我不禁聯想起之前曾經聽見會長提過的事情。

——「跟母親如此相似的妳，優秀是理所當然的。」

「優秀……嗎？」

雖然能夠理解每個父母都希望子女能夠出人頭地，但是為了出人頭地而為其投入不合理的壓迫與期待，是否真的是正確的選擇？

退一步說，雫在面對這樣子沒有理由的期待時……當時她的心裡究竟是怎麼想的呢？

我沒有答案，但我知道雫並沒有就此成為「人偶」。

相反地，她竭盡全力嘶喊的聲音——雖然在父親的眼中看來不過是無理取鬧，但她依舊堅信著自己能夠達成目標、完成自己的夢想。

那是把「合理」與「現實」拋於腦後的反抗精神。

我並不知曉未來將會如何，但是在那之前……雫仍然會為了夢想而不斷咬牙前進。

這樣就夠了。

擁有某種夢想，甚至稱得上是執念的意志，將會讓人們走得比想像中還要更遠。我只需要適時地為她們提供協助，好好地守望著她們——這就是我目前的「工作」……不，是我想要完成的「目標」。

過了一段時間，端著兩個紙杯裝冰淇淋的雫開心地往我這個方向走來。

正當我想著等等要摸摸她的頭表達我的認可時，因為視線關係，雫並沒有注意到有兩個正在嬉鬧的小孩正往她的方向衝了過來。

「雫！」

「咦……哇啊！」

等到看見時已經來不及了。雫為了閃避兩人，將手中的冰淇淋高高舉起，但有一個小孩已經迎面撞上。衝擊力讓身體失去平衡，想要護住食物的雫一個踉蹌，而後摔倒在地。

「你們在幹什麼！」

「大、大姊姊對不起！」

小孩的父母立即衝了過來，一邊責備小孩一邊朝著雫道歉：

「非常不好意思，請問妳沒事吧。」

「不，我沒……嘶！」

雫想要站起來，但下一秒來自腳部的刺痛讓她皺起眉頭。

「沒事吧？」我趕緊趕到她的身邊，伸出手輕輕觸摸著腳踝那邊的位置。

「會痛嗎？」

「……嘶！」

「……看來有一點扭傷。」雫今天穿的並不是運動鞋，而是她平常不習慣的涼鞋，或許是這樣子導致有些扭到。「我先去找點東西幫妳冰敷喔。」

「……對不起……」

「沒關係的，又不是雫的錯。」

我露出淺淺微笑摸了摸雫的頭，用著柔和的語氣告訴她。

「沒事的，有我在。」

「……嗯。」

雫低下腦袋，讓我看不見她臉上此時此刻的表情。

在那之後，我先找個地方讓雫能夠坐著冰敷順便休息。

至於冰淇淋……剛剛摔倒的時候掉了一個，好像還剩一個。我一邊讓雫自己拿著冰袋替自己腳踝冰敷，一邊用著塑膠湯匙勺起巧克力味的冰淇淋，輕輕放入雫的口中。

「都是我沒注意……哥哥都沒有吃到。」

「沒關係啦，雫比較喜歡吃巧克力啊。而且真的想要的話，回去的時候再買就好了。」

「不要！我討厭那兩個小孩！」

「確實是他們不對啦……」

不管怎麼說，放任自己的小孩在公共場合亂跑亂鬧都是不對的行為，不過現在的新手父母似乎越來越不在乎了。

這也是沒辦法的事……好險雫除了小扭傷之外別無大礙。

但是，這樣一來的話，百貨公司肯定是不用繼續逛了。

或許同樣發現這件事，從剛剛開始雫的心情顯然變得低落許多。

「……雫，等會試著走走看好嗎？如果不行的話看要不要叫計程車回家。」

「……我、我可以自己走回──好痛！」

強忍著疼痛試圖站起，但雫很快就差點再次摔倒，這次被我提前扶住。

「這樣子有些困難呢……」我歪著頭想了想。「不然的話……」

……

「……哥、哥哥……」

「嗯？」

「好、好羞恥……」

「沒問題的喔，雫，有些時候人類就是要把羞恥心給拋開啊。」

「我是說真的啦！快點放我下來！」

十分鐘後，我提著袋子，和雫一起回家──以背著她的方式。

就算不需要回頭確認，我也可以知道雫那白皙如雪的臉頰此時肯定跟熟透的番茄一樣，但我依舊沒有停下腳步。

……從這個姿勢，可以聞見雫頭髮那似有若無的洗髮精味道幽幽飄來，背部能夠感受到雫那兩團發育非常優秀的柔軟部位。

雖然說是因禍得福好像不太好，但我現在依舊幸福地體會意外帶來的收穫。

「真的……真的太丟臉了……」

「沒辦法吧？畢竟雫說要一起走回家嘛。」只不過現在雫根本就不太能走，我也只能出此下策。

嗯，就是這樣。

「……哥哥又欺負人家……」

雫在我身後嘀咕著，最後索性把頭埋進我的背後，不想讓任何人看見她現在的表情。

「……哥哥。」

「嗯？」

「雫會不會……很重？」

「才沒有這種事喔。」

或許是想要再次確認，我感受到背後的雫稍稍挪動自己的身軀，試圖用不同的姿勢來減緩我身上的重力——不過我可不是逞強，因為雫確實挺輕的。

不如說，比我想像中還要輕多了，明明是那麼愛吃甜點的人，竟然沒有因為糖分攝取過量而導致身材走樣，簡直無法置信。

這也是基因造成的結果嗎……我繼續用自己的背後感受著那兩團柔軟的觸感，在腦袋裡面默默感嘆。

「——啊！媽媽妳看他們！」

「喂！不要用手指著人家！」

雖然我看起來一派輕鬆地走在街上，不過背著一個女生大搖大擺地走過大街顯然不是什麼日常風景。

一路上都能聽見路過的人們對我們投以好奇的目光，當然也包括現在，遇到這種十分單純的小孩子完全不看場合地拋出疑問的情況。

在我背後身軀因為羞恥而微微顫抖的雫，彷彿讓我以為自己正坐在某張按摩椅上。

我對著路人報以尷尬而不失禮貌的微笑，一邊拐進一旁的巷子內——我當然是無所謂，但我擔心雫在回到家之前大腦CPU就因為過度羞恥而燒壞，只好暫時先找個地方避開目光。

在相對安靜的小巷子裡，只有我的腳步聲，以及時不時傳到耳畔，雫的細微呼吸聲。

「……雫，又給別人添麻煩了。」

「才不會呢。」

「不對。」

我感受到圈著自己脖子的手臂稍稍勒緊。

「我……」雫的聲音似乎有些顫抖，好像快要哭出來似的。

「我總是……只顧著自己，但是卻麻煩到其他人……以前去海邊的時候也是、寫小說被老爸發現的時候也是……」

海邊……啊，是說被搭訕，結果最後是綾乃姊幫忙解圍的事情嗎？原來雫這麼在意這件事情。我有些驚訝地想著，但腳步並沒有就此停下。

「我總是……做不好……」

「雫是這麼想的嗎？」

「也只能這樣想了吧……」

「但我不這麼覺得喔。」

「咦？」

我伸出手輕輕拍了拍對方的手臂，一邊說道：「今天的約會，是雫自己努力計畫的不是嗎？」

「可是……我現在連自己走路都有困難……」

「這種事情，誰也沒辦法預測不是嗎？就算是我，也不可能在規劃的時候連這些意外都一併算進去啊。」

「……」

「對我來說，為了行程而規劃的雫、為了讓我能夠盡興而鼓起勇氣的雫——妳今天的表現，可以說是滿分也不為過喔。」

「……反正，只是哥哥在安慰我而已吧……」

「如果雫是那樣覺得的話也沒有關係喔。」我笑著說道：「但是我還是要再一次告訴妳——我從來不覺得雫有麻煩到我喔。」

「哥哥騙人。」

「真的啦，和妳們相處這麼長的時間，我自認自己在幫忙妳們這件事情上已經做得挺不錯了……真的要說的話，會麻煩到我的只有自己身上的債務，還有妳們老是喜歡在客廳亂丟衣服的壞習慣而已。」

聽見我的調侃，雫終於噗哧一聲笑了出來。

「心情好點了嗎？」

「……嗯。」

「所以呀，雫不用覺得自己有麻煩到其他人喔。妳和香澄姊跟綾乃姊可是有著同樣血緣的姊妹啊。偶而會拌嘴、偶而會覺得對方有些煩人……但是最終，當妳需要幫助的時候，也永遠都是她們會率先站出來拉妳一把。」

「——因為，妳們是家人啊。」

「……那哥哥呢？」

「我？」

我看了雫一眼，後者稍微猶豫一下之後繼續問道：

「哥哥……也是因為這樣才幫助我的嗎？」

「嗯……姑且不論是不是家人，對我來說，雫當然可以隨時依賴我……但並不因為我是『哥哥』。」

「誒？」

「就算不是家人、不是『哥哥』也好……當我看著雫在努力地追求自己的夢想時，比如雫在寫小說的時候，那雙眼睛裡的熱情是無法偽裝或是隱藏的。就算只是在一旁看著，也會因為那個感覺而感到振奮。」

人們安逸於日復一日的生活，與鮮有變化的命運。

但有時……人們同樣嚮往著劃過天際的流星。

為反抗而高歌的身影——如同烙印一般，深深地映於心底。

僅僅如此，也能讓人獲得更多的力量與勇氣。

「我——看著那樣子的雫，就覺得自己也要更加努力才行。」

「妳不是只有一直接受別人的幫助而已，雫……因為妳追逐夢想的樣子，同樣也幫助了我。」

「……」

雫沒有回答，只是用自己的腦袋輕輕在我的背後磨蹭著。

「……休息……」

「咦？」

「……我想休息一下。」雫的聲音很小，幾乎快要聽不見。「哥哥一直背著我，肯定也累了吧？」

「不，我其實還……」

「休息！」

「呃，喔、喔喔……」

話雖如此，就算要休息也不是放著雫在路邊吧……正當我這麼想的時候，一棟建築映入我的眼簾。

……那是一間愛情旅館。

「……雫，妳算計我？」

「哥哥說我今天很努力對吧？」答非所問，我背後的雫理直氣壯地問道。

「我是這麼說過呢。」

「既然這樣的話，向哥哥撒嬌要求獎勵也不是不行對吧？」

「邏輯上是沒有問題沒錯，但是總覺得莫名其妙踩入陷阱裡了欸。」

「哼哼哼。」

下一秒，我的耳朵似乎感受到某種微弱的呼氣。

「哥哥……今天還有時間……」雫露出一抹羞澀的表情，在我的耳邊輕聲低語：

「請好好地……疼愛一下雫吧……♡」

面對這麼可愛的請求，簡直像是惡魔低語似的侵蝕我的理智跟意志。

舞台已經近在眼前、演員已經準備完畢。等待著我的，好像就是無可預測、卻也無可避免的未來。

隨著最後一堵薄弱的意志之壁被雫的誘惑給推倒——我的理智，就這麼被再度擊沉。

✤ ✤

「呼啊……呼啊……」

「嗯啾……呼嗯……」

——空間不算小的房間裡，屬於我們兩人的聲音時不時地在空間內響起。

就這麼糊里糊塗地走進旅館、糊里糊塗地走進房內……如今一切就像是理所當然地繼續往下一階段推進。

滋嚕、滋嚕……舔吮聲加上與唇間接觸的聲音，伴隨著逐漸瀰漫的淫靡氣息，僅有我們兩人——感受著彼此之間的一切。

我能感受到雫的舌頭在末端滑動、繞圈似地不斷刺激我最敏感的部分，每一次動作，都讓我有種觸電般的快感自深處傳來。

再這樣下去就會被對方牽著鼻子走，於是我還擊般地伸出手指，輕輕摩娑著對方最為私密的部分，稍微沾濕的手指在縫隙間滑動，一個不小心就會陷入其中。

「唔嗯……嗚嗚嗯！」

或許是因為嘴巴正含著東西，雫並不好直接叫出聲來，但從發出的微微呻吟，顯然這樣的碰觸同樣讓她很有感覺。

既然這樣，我便打算繼續進攻。

手指輕輕劃過，趁著雫一瞬間的鬆懈——我同樣伸出舌頭，略為粗暴地深入其中。

「——嗚嗯嗯？」

噗啾、噗啾、噗啾……我像是在沙漠中長途跋涉的旅人，突然在一片荒蕪中發現綠洲一般，瘋狂地渴求著那一小塊池水所孕育出的汁液。突如其來的刺激讓雫有些招架不住，發出了十分羞澀可愛的聲音。

「……嗚、嗯啊、哈啊……哥、哥哥、不可以……那裡、不行……哼嗯啊！」

感覺得到，我能感覺到跟舌尖接觸的部位正在一抽一抽地，那是某種即將抵達極限之前的徵兆——我當然不會就此收手，而是變本加厲地持續刺激著。

「哈啊、哈啊、哈——哈啊啊啊——！」

敏感的雫在我的攻勢下輕易地迎來首次高潮。

伴隨著雫的呻吟聲，如同蜜水般的汁液溢出，而我只是貪婪地汲取著，輕輕地親吻著。

雫高潮後的身軀變得有些癱軟，躺在床上不斷地喘著氣、同時不安分地蜷曲著身體……那是本能般地渴求接下來的一切，渴求著彼此之間融成一體的溫度與距離。

當然，在那之前因為雫的緣故，我這裡也早就準備完成了。

「哥、哥哥……快一點……快一點讓雫感受……哥哥的全部……」

「……嗯，那我就來了喔……雫……」

先是試探性地輕觸，接著慢慢地、緩緩地深入——緊密的觸感包覆陰莖，伴隨著身軀的顫抖而不斷地將其吞入，就像是主動在索求連結，讓我無法控制地頂入最深處——

「嗯啊、哈啊、哈啊……」

伴隨著進出的節奏，雫也同樣發出了嬌喘。我同樣喘著粗氣，只是專注在自己的動作上，腦袋似乎已經沒有餘力繼續思考，只是看著對方的表情試圖分散注意力……

「哈啊、哈啊……」

滋噗、滋噗……早已變得潮紅的臉龐上，雫的表情變得格外誘人，讓我不禁低下頭去，親吻著她的脖頸、鎖骨、慢慢滑至胸前那兩團如棉花般的部位，以及明顯的粉色乳暈。

每一次的親吻，都讓雫柔軟的身軀像被電擊似地緊繃起來，而我與她結合的部分，也會同樣地縮緊──在這麼一張一縮的刺激下，好像比往常更加令我感到興奮。

「雫、雫……」

「哥哥……哥哥……」

我與雫的氣息混雜在一起，空氣中瀰漫著淫靡的氣味跟汁液發出的聲響。肌膚一次又一次地接觸，碰撞造成的聲音迴盪在空間中，又更深一步地刺激五感與神經。

汗水滴在雫那光滑的腹部上，我伸出手輕輕抹過，接著將手指湊近對方的唇邊──雫像是乖巧的孩子一樣張開嘴巴吸吮著我的手指，迷離的眼神讓我把持不住，逐步地加快動作的速度。

「哈、哈、哈、哈啊、哈啊、哈啊……」

「哈嗯、哈嗯、哈……」

——腦袋變得沉甸甸的，好像根本沒辦法思考，身體只是本能地在行動、隨著慣性不斷地往復，對方溫熱的體內一吞一吐地不斷誘惑我繼續深入其中，過於溼潤的穴口差點讓我滑出。

在這樣的情況下，我好像終於忍不住——輕輕地含住雫的耳朵，用嘴唇的力量抿住，再稍微用力一點地吸吮著。

「哈啊、哈啊啊、嗯啊、哼嗯——！」

「雫……我、我好像快……」

「……給我……把全部都……哥哥……都給雫……！」

聽著雫的聲音，我的身體也開始產生反應，隨著即將衝到極限的時刻，將其通通釋放出來——

溫熱的液體，粗大的肉棒伴隨蜜液，一同把狹窄的肉穴內搞得亂七八糟。

「哈啊……哈啊……哈啊……」

我重重地喘著氣，感受著背部傳來的刺痛感——雫正緊緊地抓著我的背部，指甲陷進肉中的觸感帶來疼痛，反倒讓我更加迷濛。

雫的雙眼之中同樣快要失去焦距，我伸出手撫過她的臉頰，用大拇指輕輕撥開她的嘴唇——接著再一次地親了上去。

嗯啾、嗯啾……我們彼此交換著對方的氣味與一切，舌頭與舌頭交纏在一起。

明明才剛剛結束一次，我卻沒有感受到那裡有消退的跡象——不如說，看著雫的表情，似乎讓我恢復的速度變得快上許多。

楚楚可憐的表情，像是在討要疼愛的表情……讓我本就已經有些神智不清的腦袋下了更為大膽的決定。

「呼嗯……呼嗯……誒、誒？」雫似乎有些驚慌，伸出手想要將我推開。「等、等一下，我還沒有……嗯啊！」

我再度朝著深處發起衝刺。

這一次，本就已經有些乏力的雫甚至無法掙脫開來，只是任憑著我的動作而不斷發出過於淫蕩的聲音，她的手輕輕扶著我的胸口，像是要將我推開、又像是在感受著我每一次的深入。

我的手指輕輕刮過她胸口末端的突起，我的舌頭在她光滑的身軀上遊走，將雫的腰部稍稍抬起，用這樣的姿勢能夠更好地用末端刮著她體內的肉壁。

「啊啊、嗯啊啊、呼嗯嗯——嗯啊……呼嗯啊！」

啾嚕嚕、啾嚕、噗咻噗咻——！

第二次的極限來得比第一次還要更快，每一次的碰撞都像是在彰顯著即將到來的噴發。

最後一次的深入，我用力地頂至深處，正好能夠看見雫因為快感而變得扭曲的臉龐。

感受著灌入其中的一切，我再度朝著那個漂亮的嘴唇吻了上去。

如同最後的抵抗與還擊，雫用力地咬著我的嘴唇下方，鮮血的味道在我們的口中擴散開來。

就算如此，也沒有讓我們因此分開。

……

「……哥哥，每次都欺負我。」

「那是因為……雫太可愛了嘛。」

「哼。」

我保持著抱住雫的姿勢，伸出手撫摸著她柔順的長髮。雫也像是賭氣一般地把腦袋往我這邊蹭……很癢欸喂！

我抽了抽鼻子，用手指把在我鼻尖那邊晃來晃去的髮絲撥開。

……說起來，今天這次約會的目的，不是要讓雫能夠順利取材嗎？我的大腦在經歷刺激與快感之後，終於開始重新運轉。

打從一開始，就是為了讓雫能夠多多在各個不同的地點中取材，才會有今天的約會吧？

這麼看來，難道雫一開始就計畫好……不不不，再怎麼說這也太順利了。

……不會吧？

「……雫，妳比看起來還要機靈多了。」

「我姑且把這句話當成是哥哥的讚賞囉。」她笑著回答。「因為雫很聰明嘛。」

……算了，反正結局看起來皆大歡喜。

「哥哥！」

「幹嘛？」

「我啊……很喜歡搖滾樂。」

「我知道，但連睡前都聽搖滾樂的人，我實在是沒辦法想像就是了。」

「哥哥知道為什麼我喜歡搖滾樂嗎？」

「為什麼？」

「因為啊……」

雫轉了過來，用著十分開心的笑容向我說道：

「──因為搖滾樂就跟我一樣，都是對於現狀感到不公平的吶喊。從我第一次聽到的時候開始，我就覺得那種精神……就是我在追求的東西。」

向既定的命運發起抗爭，不畏懼地朝著現實反擊。

走出屬於自己的路，追逐屬於自己的夢想。

「……所以，我不會放棄的。」雫伸出手輕輕捧住我的臉。「所以，哥哥也……要好好地，繼續看著雫喔。」

聽見她的宣言，我不禁露出笑容。

「……嗯，我會一直看著雫，直到雫完成自己的夢想……不，就算是完成夢想之後，我還是會一直看著雫的。」

「就算夢想完成之後，我也可以找哥哥撒嬌嗎？」

「只要妳想要的話，歡迎妳隨時找我撒嬌。」

「哼哼——」雫十分黏人地鑽進我的懷中。

「……最喜歡你了，哥哥……」

也許是因為放鬆下來……或者是因為剛才過度疲倦的關係。此時的雫竟然已經在我的懷裡睡著了。

我只是輕笑一聲，手指輕輕撫過她的臉頰。

「……晚安，雫。」

——願妳今晚的夢，同樣有著無懼枷鎖的自由。

✽ 第4章 ✽

為命運點綴的雞尾酒

——如何定義一個成功的人生？

答案或許因人而異，但對自己而言——進入一間了不起的公司、努力取得上司的信賴、一步一步地往高處攀登……那就是對於工作而言的「成功」。

當然，僅限工作。

從一流的學校苦讀後順利畢業、在校期間考取的各類證照資格，最終讓自己得以進入東雲集團的旗下企業工作——優渥的薪資與福利、穩定的升遷管道，再加上世界第一企業的品牌加持。一切都如同自己夢想一般，在剛畢業之後沒有多久就已經完成了兒時的目標。

或許這樣子的夢想在外人看起來有些廉價，至少對於剛進入社會的自己來說，這就是足以讓自己和親朋好友們感到驕傲的成就。

假如工作資歷就像是童話故事裡，灰姑娘的漂亮玻璃鞋跟在舞會上吸引眾人目光的華麗禮服，那麼為此吸引而不斷努力的自己，卻在不知不覺中忽略了非常重要的一件事。

倒不是午夜時分，美好的魔法就會就此消失——而是在那之前，請不要忘記灰姑娘究竟過著什麼樣的痛苦日子。

人們總是看見光鮮亮麗的外在，卻不小心忽略了背後付出的一切。

——鈴鈴鈴鈴、鈴鈴鈴鈴。

鬧鐘準時地響起，沒過多久就被慌忙的一隻手給按掉。

拉開窗簾，外面甚至還是有些灰暗的顏色。陽光躲在層層厚重的雲幕之後，光線也因此黯然失色。

從冰箱拿出昨天下班時買的飯糰、拆開包裝胡亂地塞進嘴中，在最短的時間內把服儀整理完畢。想要找到合適的裙子時差點被裝著垃圾的塑膠袋和快遞的紙盒絆倒，跌跌撞撞地朝著玄關前進。

抓起包包，凌亂地往裡面塞入皮夾、零錢包、能量棒——抬起一隻腳，努力地把腳掌往小巧的高跟鞋裡塞，趕在時針與分針重合之前打開大門，風風火火地往外衝。

電梯上面顯示的數字似乎卡在某個樓層，那戶人家的小孩每次都會在那邊玩著按住電梯不讓它關上的無聊遊戲。

「啊，真是的！」

果斷地直接往樓梯口跑去，鞋跟與地板接觸的聲音是急促的進行曲。為了節省時間特意穿過小巷，一邊回頭望著逐漸接近的公車，一邊和時間以及該死的拼裝柴油引擎賽跑。

氣喘吁吁地爬上公車，癱坐在椅子上的時候才有餘力開始回想。

「……我有記得關燈嗎？」

算了，管它的。

公車的行駛時間大約半個小時，但這並不是結束，而是開始——在短程的趕公車馬拉松之後，接下來要面對的是電車區域的障礙跨越以及最後的直線衝刺。

時間可不會等人。

伸出手按下停車鈴，宛如鳴槍起跑似地繼續開始。

刷卡過站，放棄電扶梯的舒適，直接朝著一旁的階梯直直衝去，在電車門即將關起的那一刻鑽進車廂。抬起手看了一眼手錶上面的時間。

太好了，今天一樣不會遲到。

對於今天的時間管控，自己感到很滿意。

早上八點，這是身為新人的自己要到達辦公室的時間。

每天的工作說不上千篇一律，但是大部分的內容的確有相似之處：幫忙整理報表、幫忙製作會議要使用的投影片、協助處理各項主管交辦工作、不定時地訪問客戶，協助文件等等……不勝枚舉。

每一天走進辦公室的時候，差不多都是同樣忙碌的光景。

才剛把包包放下，就等同宣告著另外一場戰鬥的開始。

「新人，這個就拜託妳了。」

「新來的，小會議室那邊有客戶要來，去準備咖啡！」

「喂，新人，下午要報告的資料準備好了嗎？」

……

新人。

新人。

新人。

新人。

同樣的稱謂，在辦公室裡傳遞著。

原因很簡單，因為沒有必要去記新人的名字——在東雲企業自己的匿名統計中，有超過四成的新入職員工會在三個月內離職或者申請轉調。即便東雲企業的各項福利都遠超於其他企業，但工作的繁忙程度依舊讓人容易打退堂鼓。

換句話說，在這個戰場上，稱謂只是一種資源。對於一個專門處理人力資源的部門來說，簡直就是最難笑的諷刺。

稱謂沒有意義，只有名字才是踏出去的第一步。

「——靜子！快一點！不要在那邊東張西望的！」

「啊，是、是！」

面對堆積如山的各類工作，只能打開一杯能量飲料，囫圇吞下之後繼續前進。

從早上八點到下午五點，這段期間內所發生的所有工作——全部都是灰姑娘在人人稱羨的華麗外衣下，獨自承受的辛勤努力。

而那就是……自己的夢想。

就算過程會很辛苦、就算會受到各種不合理的刁難，但只要是為了自己的夢想，這點阻礙，根本就不是問題。

只要是為了自己。

為了……自己……

跟一大群人擠著電車下班，回家的步伐比起出門時，顯然還要慢上許多。

所有的精神像是在工作時間時被濃縮成某種興奮劑，一旦超過效果時間就會開始產生各種顯而易見的副作用。

就如同灰姑娘的魔法，時限只到午夜。

用鑰匙打開大門，迎接自己的是溫暖的燈光——並不是因為家裡有人在等待，只是自己單純忘記關了燈。

八個小時的額外消耗，已經能夠預見電費變得比平常要高的未來了。

隨手把包包往旁邊一扔，雖然在那之前應該要先洗個澡、準備一下冰箱裡面的調理包，又或者是應該先把昨天洗完掛在陽台的衣服拿進來烘乾……但最終只是朝著柔軟的沙發面朝下地倒去。

「……我回來了。」

自沙發裡發出沉悶的聲音，意識逐漸潰散，席捲而來的睡意慢慢包裹自己。

至少……先睡一下……

也許這一睡，下一次醒來的時間又是隔天早晨。但就算會被明天的自己給痛恨，最終還是屈服於身體的本能。

要將魔法繼續維持下去，當然需要付出代價。

而這，就是靜子在東雲企業的前半年——每一天所度過的生活。

✤✤

這樣的生活持續地前進著，說實在話到某個程度時，就會變成一種習慣。是習慣，又或者是……自己在這樣的過程中，也已經逐漸成長。

自一場又一場的戰鬥中活下來的老兵，就連目光與視線都會變得毒辣——或者麻木。

或許會變成那樣也說不一定，但至少目前的自己，還遠遠不到那個程度。

「——靜子！為什麼這裡的資料會是錯的啊！」

「非、非常不好意思，我馬上去修改……」

「不用改了！難道妳都不需要再確認一遍嗎？害我在總公司會議上被其他部門的主

管糾正，變成會議上的笑柄了！」

望著被狠狠砸在桌面上的文件，嘆了一口氣之後還是得繼續工作。

灰姑娘的魔法人人稱羨……但未必每個人都喜歡魔法背後的代價。

以前的自己，或許會覺得這不過是完成夢想必經的荊棘之路，但最近自己的想法似乎有些改變了。

為什麼改變了呢？

也許是因為自己發現跟父母聯絡的時間越來越少、和朋友之間的聚會變得越來越難以參加。

上一次接到朋友的邀請，是什麼時候的事呢？

一次、兩次……隨著拒絕的次數增加，慢慢也不會有人再次主動邀請。

在公司的時間也慢慢變長了。

一開始只是處理一些雜事所以有些耽擱，但慢慢地，逐漸變成為了工作本身而留下加班。

回程必定會經過的商業大道，亮起的燈光隨著時光流逝變得越來越少。身體與精神上的疲勞帶來了雙倍的影響，就連假日都得為了下週的報告而不斷準備資料。

——如何定義一個成功的人生？

進入一間了不起的公司、努力取得上司的信賴、一步一步地往高處攀登……

……這就是成功了嗎？

就算這一切都是為了自己……但這就真的是自己想要的嗎？

抱持著這樣的想法，有些神智不清地走在上班的路途上。因為過於疲累，就連撞到人了也來不及道歉，直到自己到達公司時才發現自己昨天徹夜準備的資料竟然不見了。

該不會是那個時候……就算努力回想著跟自己撞上的那個男生到底長什麼樣子，但要在茫茫人海中，找到一個根本不認識的人實在是太過困難了。

望著堆在辦公桌前的資料，自己只是嘆了一口氣。

……還是說，要放棄嗎？

灰姑娘的魔法，讓自己覺得開心驕傲的魔法……就算是再怎麼美好的魔法，也同樣會有期限。

現在，似乎就是魔法的效果要結束的午夜十二點前。

……

……

「——啊！找到了！」

某個年輕男生的聲音打斷了自己的思緒。原本只是趁著午休時間出來買午餐，卻在來來往往的人潮之中，看見了那個熟悉的身影。

那個少年拿著一疊資料往自己的方向跑來。

只要看過一眼，就可以知道那是自己昨天一整晚努力的結晶。

「終於找到妳了……因為不知道妳在哪間大樓，我花了好長的時間才找到。」

「……你，為什麼……」

為什麼要做到這種程度？

明明不是自己的事情。

明明不是自己認識的對象。

明明……是無關人士才對啊。

「——因為，這些資料是您整理很久才完成的吧？」

如此單純的一句話，卻讓自己的世界自一片渾沌的雜音之中，重新恢復清晰。

「明明整理了這麼久、花費這麼多的力氣，就這麼不見的話一定會很困擾吧……

啊，不好意思，我不是故意要看內容的，只是想說會不會有失主的資料或線索可以參考……」

「你一直……在這附近找我嗎？」

「嗯，最後有找到真是太好了呢。」那名少年將資料塞進自己的手裡。「那就這樣！我還有打工的事情，這下子又要被店長罵了……」

還來不及向對方說出答謝的話，少年就已經重新鑽入人群之中，消失不見。

「……」

不是為了「自己」。

而是為了「他人」。

明明從他的外表看來，肯定比自己還要更加辛苦、更加疲憊。

就算是這樣，面對毫無瓜葛的陌生人，只是因為「會很困擾」這樣的原因，就花費了大量的時間找尋一個幾乎不可能找到的人。

簡直像是笨蛋一樣的行徑。

但是……

「……還真的有啊。」

呢？

——受到魔法的祝福，穿著華麗的灰姑娘，會不會就此遇見命運帶給她的白馬王子

如果，在世上的千萬人之中，仍舊可以找到自己的話。

那也許就是「命運」也說不一定呢。

既然如此，在命運的王子再次找到自己之前——這個魔法，就請讓我再稍微延長一下期限吧。

現在的自己仍未知道，在不遠的未來，會和那個少年再次相遇。

一切，正如同早已安排好的軌道般，緩緩地前進著。

✽ ✽

我很喜歡黃昏的時刻。

準確來說，是喜歡臨近冬天、有著好天氣的黃昏時刻。

溫度上也許會因為風吹過而有些寒冷，但只要穿上一件外套就能夠有效避寒。不是那種會讓自己變成輪胎品牌吉祥物的超厚羽絨外套，而是像電視劇裡面男主角那種一般

的風衣外套就已經足夠。

不覺得很帥嗎？每次看見電視劇男主角的我總是這麼想著。

坐在客廳把烘乾的衣服仔細地折起，當我抬起頭時，正好看見被染成漂亮鵝黃色的天空。

今天是禮拜五，香澄姊有工作，晚上會參加完餐會之後才回來；綾乃姊前幾天跟朋友一起出去玩，這幾天都不在家；雫雖然沒有什麼行程，不過今天學校有課，所以晚餐似乎也會在外面吃的樣子。

此時此刻，家裡只有我……以及今天意外地居家上班的靜子小姐而已。

不，我懂的喔。

比起每天慌慌張張地出門，跟一大堆人擠著電車通勤上班，每天都狼狽地拖著疲憊的身軀回到家裡，在家裡面上班肯定舒適多了。特別是每次看到靜子小姐的工作量，就讓我更加覺得東雲企業雖然是現在世界首屈一指的大集團，在美麗的外表之下，果然也是擁有許多黑暗以及辛酸面。

不過，以靜子小姐的工作能力跟經驗，完全可以在差不多的企業裡，獲得更好的職位或者更輕鬆的工作內容吧？以前曾經這麼問過靜子小姐，但是當時她的回答意外的微妙——

「因為這裡給的真的太多了。」

結果到頭來，還是錢的問題嗎……不過人各有志，每個人想要追求的生活都不太一樣，我也沒能對此發表多麼厲害的言論。

因為我也一樣。

望著那筆似乎看起來怎麼樣都難以抹掉的數字，如同矗立在眼前，厚重不倒的高牆。每次努力好一段時間後，自己好不容易存下來的錢拿去還債，就像是在那片厚牆上用小錐子輕輕劃出一道痕跡，不得不說有時候還是會覺得挺絕望的。

即使如此，日子還是要過。

我把衣服分類整理好，接著便拿著折疊整齊的衣物走入她們各自的房間，把衣服放在床鋪上，又仔細檢查了一下房內還有沒有殘留的灰塵或是髒汙等等。最終，我拿著衣服輕輕敲了敲靜子小姐房間的門。

「靜子小姐？我把衣服摺好囉。」

「……」

……靜悄悄地沒有回應，雖然房間的隔音效果很好，但應該不至於好到這種程度吧？

難道是正在開會之類的，所以沒辦法回應嗎？這樣的話就不適合在這種時間內進去了。

如果只是單純的語音開會倒還好，萬一是視訊開會，靜子小姐又被人看見有陌生男子突然闖入房間的話——

肯定會有很多奇奇怪怪的聲音吧，雖然本人看起來好像不是特別在意，但是這種事情果然還是要避免比較安全一點。

不管怎麼說，靜子小姐是我的恩人。無論靜子小姐對於我究竟抱持著什麼樣的情感，我也不想要因為這樣而輕忽大意，進而害她在職場中受到什麼奇怪的評價。

等了半天還是沒有回應，我只好先回到客廳，雖然距離晚餐還有段時間，要不要先準備一下食材呢……

不，比起那個——趁著這段時間，先來複習一下這週的「課題」吧。

我從自己的書房拿了一個厚厚的筆記本，坐在客廳裡，開始用筆在上頭塗塗寫寫。

除了三姊妹的行程表之外，也包括了各類不同的資料：比如最近正準備拍攝廣告的香澄姊，需要因應身體狀況開始安排特殊的菜單。

綾乃姊的話，要開始學習拍攝相關的技巧，以及如何剪輯影片……這個在網路上應該找得到參考資料，應該沒問題。不過有時候會遇到那種自以為很厲害，在語氣上面會變得很討厭的人，也要注意不要讓這種人跟綾乃姊起衝突……

雫什麼都做得很好，課業跟寫作都順利地在進行著。最近剛好有一個跟創作者相關的聚會，之後找個時間跟以前合作過的作家和編輯聯繫，看有沒有機會讓雫也能參加好了。

不知不覺，一頁又一頁的空白紙面被我填滿，上面寫著各種行程、注意事項、未來要注意的事情等等。除了她們三人之外，當然也包含我自己。無論是相關證照的考取時程、相關技術的學習安排等等……無論由誰來看，肯定都會覺得筆記本的內容根本充實過頭了。

……靜子小姐，也是這樣的嗎？我不禁這麼想著。

在我和她們三姊妹相遇之前，我是靜子小姐底下的員工，當時的我作為派遣員工，時不時就要被調去不同的地方上班。

尋找適合我的工作、替我安排行程，與此同時也得注意自己的工作進度……靜子小姐從我們相遇起的三年多來，一直都過著這樣的生活嗎？

當我這樣想著的時候，又對靜子小姐感到敬佩一分。

時針隨著時間流逝慢慢地推進到四的位置，都到這個時間了，應該開完會了吧？我再次走到房門前，輕輕地敲響。

「靜子小姐？」

「……」

然而，跟剛才一樣的靜默。出自好奇，我只好小心翼翼地轉開門把，開了一個小縫確認裡面的狀況。

——裡面並沒有傳來會議時的交談聲，而是靜悄悄地。我慢慢地推開門，盡量不讓自己發出腳步聲，逐步靠近房間的主人。

……靜子小姐，此時正趴在桌上睡覺。均勻的呼吸聲安穩地傳來，睫毛時不時輕輕顫動著，在夕陽的映照下顯得格外可愛。

面前的電腦螢幕依舊亮著，上面是處理到一半的統計報表。也許是枯燥無味的表格工作讓人有些昏昏欲睡，總之靜子小姐最後沒能擋住睡眠的誘惑，一不小心就大意了，沒有閃過宛如惡魔一般的邪惡邀請。

這下該怎麼辦呢？要直接叫醒她嗎？我看著睡得香甜的靜子小姐，果然就這樣子打斷這個可愛的畫面，似乎有些太過殘忍了。

躡手躡腳地把筆記型電腦從桌上拿開，我稍微看了一下上面的內容——好險，好像是我也能處理的一些簡單日常瑣事工作，跟專業性沒太大的關係。

靜子小姐雖然並沒有明著講出來，但我一直都知道，她為了我付出了多少的心力。

就算是現在，正在接受「試煉」的我，靜子小姐也從來不是置身事外的關係。相反的，本來就要時刻關注我的靜子小姐，現在還得額外關注三姊妹的動態——同時，她自己的工作也完全不能有所延誤。

換句話說，工作量呈現等倍的增加——但靜子小姐從未報以怨懟，雖然嘴上該抱怨的還是會抱怨，卻依舊協助我照顧著這個屋子裡的所有人。

對於這樣的靜子小姐，無論多少的感謝都不足以表達。

既然這樣，我也有自己能夠做到的事情，就從幫忙把這份看上去很討厭的報表完成開始吧。

……

不知道又過了多久，我才聽見身旁傳來些許騷動。

「咦……我難道是……睡著了？」

「早安，靜子小姐。」

「早安……咦？咦咦！你怎麼會在我房間裡！」

「討厭啦，靜子小姐，請不要用這種像是被偷襲一樣的語氣說話。」

「實際上就是那樣子吧！你應該沒趁著我睡著的時候對我做些什——誒？」

正當靜子小姐檢查自己身上有沒有凌亂的地方，還用手抹了一下自己的嘴唇跟抿了抿自己的嘴巴——我一點也不想知道為什麼她要做出這個反應——的時候，她正好看見了被我放在自己膝蓋上的筆記型電腦。

「這個是……啊啊啊！報表啊啊啊啊！」她的雙眼像是漫畫一樣冒出轉著圈圈的樣子，一邊著急地抱頭哀號。「糟糕、糟糕了啦！今天晚上五點半之前要完成上傳啊啊啊啊啊——」

「嗯，所以我差不多先幫妳收尾了喔。」

「收尾？那是什麼，幫我收屍的意思嗎！」

「妳該不會還沒睡醒吧，妳自己看。」

我把筆電塞進手足無措的靜子小姐手裡，並看著她的反應。

只見靜子小姐一邊慌亂地點開不同視窗像是在確認什麼，接著原先緊皺的眉頭隨著時間慢慢地舒緩開來。

「……真的完成了。」她用不敢置信的語氣說道：「真的嗎？這不是夢吧？讓我揍你一拳確認一下好嗎？」

「為什麼確認的方式是我要受傷啊！」

「……你剛剛幫我完成的嗎。」靜子小姐的臉上浮現一抹因為害羞而染上的淡淡紅色。「……謝謝你，幫大忙了。」

「不會，我只是幫了個小忙而已，靜子小姐平常幫助我的地方可比這多呢。」

「雖、雖然是這樣說沒錯啦。」靜子小姐扭過頭去說道：「不、不過我可不是那種知恩不圖報的女人喔！你可不要誤會了！」

「啊，是？」

「所以……」

靜子小姐轉過頭來，露出一抹動人的笑容說道：

「——去換衣服，我們一起出去吃飯吧，我請客。」

「妳不覺得穿著風衣外套的男生走在路上很帥嗎？」
「不，完全不覺得，那是疑似暴露狂的怪胎吧？」
「誒，真的假的。」
關於風衣外套的話題很遺憾地被終止了。我一邊嘆著氣，一邊和靜子小姐兩人走在街上。
週五傍晚的下班時間，路上充滿了放學的學生以及準備回家的上班族。在這樣稍微寒冷的日子裡，聽著人群下班下課的聲音格外讓人有種溫馨感。
靜子小姐穿著一件灰色連帽衫，頭頂戴著一頂毛線帽；下半身的牛仔褲跟白色的運動鞋搭配起來十分好看，最後軍綠色的外套則多添加了一絲色彩跟溫暖度。
「這個樣子的靜子小姐，看上去就跟大學生一樣。」
「真失禮呢，我還沒滿三十喔？」
「但是也不是能夠無憂無慮地過日子的學生了呢。」
「唉……確實是這樣沒錯。」
我們一邊聊著聽上去一點也不開心的內容，一邊往目的地前進。

晚餐是居酒屋，這是靜子小姐的建議。

提到居酒屋那就不得不提到酒，我想這大概也是靜子小姐特意選擇這個地方的理由之一。

……不過，反正是禮拜五晚上，稍微放鬆一下應該也沒關係吧？

「說起來，靜子小姐喜歡喝啤酒，還是威士忌呢？」

「根本不是同樣場合會喝的東西是要怎麼比啦……你還不如問說啤酒跟燒酒哪種比較喜歡呢。」

「那哪種比較喜歡？」

「兩種都很喜歡喔。」

「我想也是。」

我聳聳肩，同時注意到靜子小姐手裡提著的包包──裡面似乎裝著什麼東西。

「明明只是出來吃飯，至於帶著這麼一大包嗎？」

「要、要你管！」靜子小姐回答。「我不帶這種包包出門不安心！」

「這就是工作狂的堅持嗎……」

「小心我打你喔，真是的。」

雖說是臨時起意，不過還好店裡還有位置。

我和靜子小姐最後挑了一個角落邊的座位，這邊不容易被其他組客人影響，而且對我個人來說，邊邊角角的地方反而更有一種安全感。

「來來，要吃什麼都可以點喔。」靜子小姐熟門熟路地把菜單遞給我，顯然並不是第一次來到這間店。「都說了今天我請客，也是為了感謝你的幫忙，所以千萬不要跟我客氣。」

「話是這麼說，不過我也都可以……」

「既然這樣的話，我記得你應該都不忌口對吧？」靜子小姐拿出手機掃描桌邊的條碼，開始點起菜來。

「牛肉串、照燒雞腿，還有鮭魚炒飯……當然最重要的是啤酒！」

像是咒語一樣地唸出好幾種不同料理的名字，靜子小姐最終滿意地送出訂單。

趁著等待餐點上桌的這段時間，我和靜子小姐聊起了會長最近給予的「試煉」。

「……該怎麼說呢，總覺得挺對不起你的。」

「誒？」

「你明明得負責完成會長額外給予的課題跟試煉，還得幫忙她們三姊妹完成自己的夢想……」

靜子小姐苦笑說道：「明明自己都已經如此忙碌，卻還額外幫我的忙……」

「請不要這麼說。」我回答。「靜子小姐也是——試煉的事情，並不單單只有我一個人在負擔。」

明明跟自己無關，卻還是幫忙我一同協助完成她們的夢想。

現在也好、一年多前的那個夏天，介紹我那份工作進而認識香澄姊她們也好。在這段時間裡，靜子小姐同樣替我付出許多，甚至自己也跑來鄉下，只為了提供我更多的協助。

為什麼要幫助我到這個分上——這樣的問題，我問不出口。

我只是無暇被其他的事情分心，並不代表我是個笨蛋。

即便靜子小姐可能只會拿「因為我是你的主管」這樣的理由來搪塞——實際上她確實是這麼做的。

但是，明明受到這麼多的好意與恩惠，卻還要裝作一無所知，再怎麼說也太不貼心了。

所以，就算只是一點點也好，我能為靜子小姐做到的事情……肯定也是存在的。

這並不會讓我變得沒那麼有罪惡感，可是，這也不是我決定什麼都不做的的理由。

「──你想太多了啦。」

「咦？」

「表情。」靜子小姐伸出手指戳了戳我的臉頰。「你從以前就總是這樣，腦袋裡面想的事情全部都會表現在臉上呢。」

「是、是這樣嗎。」

「就是這樣喔。」

靜子小姐只是露出一抹曖昧不清的笑容。

「你不用覺得自己有什麼虧欠我的地方，說到底，我也不是為了你才這麼做的。只是剛好利益一致，所以才順手幫你的喔。」

「不是因為害羞說的場面話嗎？」

「誰知道呢，大人的社會就是這麼現實喔。」她聳了聳肩，用著某種像是釋然、又像是苦笑的表情說道：

「──到頭來，人們都是為了自己而努力奮鬥的呀。」

為了自己……嗎？

確實，從這個角度來看的話是這樣沒錯啦——但是被這麼簡單地分類，總覺得內心有種不服氣的感覺。

正當我還在苦惱要用什麼說詞來反駁靜子小姐的時候，店員端著盤子過來，把準備好的餐點送上桌。

率先吸引我注意的，是那盤金黃飽滿、色澤豐富的鮭魚炒飯。光是端上桌的時候就已經能夠聞到香氣，顆粒分明的米粒跟青蔥和鮭魚肉混在一起，在燈光的襯托下呈現出誘人的顏色。

「這家店的炒飯可是極品喔，我有時候跟公司的同事也會來這邊。」靜子小姐一邊替我盛飯一邊說道：「味道真的好極了。」

「嘿誒……」

「當、當然你煮的飯也很好吃啦！」她慌慌張張地表示。「我可不是在嫌棄你的料理喔！拜託以後不要把我晾在一邊不給我飯吃嗚嗚嗚嗚——」

「也不至於到這種分上吧……不過靜子小姐如此誇讚，我當然也會很好奇啊。」

拿起湯匙挖了一口炒飯送入口中，在舌尖綻放的滋味讓我頓時眼睛一亮。

這口感……雖然是炒飯，但口感卻意外地濕潤滑順，油脂的香氣與米飯和蛋黃的香味一同自鼻尖竄上，一種幸福的感覺油然而生。

在這種稍微寒冷的天氣裡，吃上一口熱呼呼剛上桌的炒飯，簡直就是一種奢侈的享受——不禁讓我發出一陣十分滿足的聲音。

「很好吃對吧！」

「真的很好吃！這個……家裡的鍋子大概做不出這種感覺喔！」

大概是用中華料理類的鐵鍋？那種比一般家用不沾鍋還要大上許多的鐵鍋製作的炒飯，在口感上簡直是不同次元的感覺啊……

先起了個好頭，我很快就拿起一旁的雞肉串咬下。透過細心的烹調手法完成的肉串，很好地將肉汁鎖在裡面，咬下去的時候滾燙的汁液噴濺而出，讓我不自覺地張開嘴巴不停呼氣。

看見我吃得這麼狼狽的樣子，靜子小姐也笑了出來。只見她先咬了一口雞肉串，接著搭配一旁金黃色的啤酒。

「——噗哈！活過來了……果然照燒雞肉就是要搭配啤酒！」

「可、可惡，吃得這麼香……我也要來一點！」

「嗯？你沒問題嗎？用罐裝啤酒就可以灌倒的小鬼頭，想要挑戰還太早了吧～」

「我可不能當作沒聽見，看來得讓妳見識一下小看我的後果呢——老闆，再來一杯啤酒！」

……

「說起來，你在這裡也待了快一年了吧？」

「說得也是呢，兩年的期限比想像中還要快，這都已經快過一半了。」

「會長的試煉，有信心嗎？」

「就算沒有信心也是得硬著頭皮上啊。」

「這麼說也對。」

或許是因為有酒精的緣故，又或者是店家的氛圍導致……我和靜子小姐一邊聊著平常工作的事情，偶而互相鼓勵、偶而一起罵著工作上遇到的各種麻煩。

雖然我跟靜子小姐算是上下屬關係，不過我以前工作性質的緣故，本來就不常參與這種餐會？或者類似的聚會。在鄉下的時候倒是常常跟靜子小姐一起開個只有兩人的酒會，不過那可是在夜深人靜的鄉下，跟都市的感覺還是不太一樣。

這麼說來，這種經驗……不能說是第一次，但至少比較稀少呢。

「你是怎麼想的呢？」

「是指什麼？」

「選擇。」

靜子小姐的話題讓我一愣。

「……不好說呢。」

「果然是債務的問題？」

「那也是一部分……但是該怎麼說呢。」我苦惱地抱胸思考著。「總感覺……無論怎麼做，好像都不是想要的結果……」

「你這個人啊，從以前就意外地很貪心呢。」

「為什麼突然變成這樣的評價了？」

「不是很理所當然嗎？」

靜子小姐用手撐著臉頰，稍微歪著腦袋看了我一眼。

「反正你一定是想著要找到大家都不為難、皆大歡喜的辦法對吧？你就是這種地方太過天真了，所以才不行啊。」

「大家都開心的結局不是好結局嗎？」

「當然是好結局，但那是對大家而言的好結局。」

「那不就——」

「那你呢？」

「……！」

靜子小姐舉起酒杯喝了一口，接著說道：「你總是這樣，太不懂得珍惜自己……不，也不是不珍惜自己嗎。」

「你只是……太習慣把別人放在第一位而已罷了。」

「……這樣不好嗎。」

「倒也不是好或壞的問題，這是你的人生，我可沒有那個資格指手畫腳。」靜子小姐稍微停頓一下，接著用十分柔和的表情說道：

「——所以，我才沒有辦法放你一個人獨自苦惱呀。」

變得這麼多愁善感，肯定是酒精帶來的錯覺。

短暫的愁苦氛圍在那之後，很快就被靜子小姐對隔壁部門的抱怨給掩蓋過去，直到結帳離開走在大街上，我依舊聽她喋喋不休地抱怨著。

「靜子小姐，妳該不會是醉了吧？」

「怎麼可能～只不過是四杯啤酒而已怎麼可能醉啊。」

「每一杯足足800ml的啤酒怎麼樣都不能用『只不過是』這種詞彙來形容吧。」

「嗯～？我聽不懂你在說些什麼呢。」

晚上的街道，還是喧鬧的顏色。

來來往往的行人們有趁著下班時聚餐的同事、也有並肩走過，舉止親暱的情侶。頭頂懸著鵝黃色的燈光，像是觸手可及的星星，路邊的商店正推出聖誕優惠，讓人此時才意會到一年就要過去了。

回顧今年的生活，每一天都是非常充實……有時候會覺得充實過頭的生活。說真的，有時候我會覺得會長根本不是在設計「試煉」，而是單純設計怎麼讓我死得像個意外一樣。

雖然可以理解……假如自己身為一個父親，本來想著把三個女兒扔去鄉下好好反省。結果半年過後有個莫名其妙的小子住了進來，而且三個女兒還都說喜歡這個莫名其妙冒出來的男生，我要是父親的話大概也會想宰了這個傢伙。

雖然能夠理解，但令人感到悲哀的部分，就是那個莫名其妙男主角是我的事實。

「在想些什麼？」

「在想著要怎麼樣才能在會長的虐待下死得體面點。」

靜子小姐被我的回答給逗笑。

「還能開出這種玩笑，看來你也還沒喝醉呢。」

「畢竟我才喝了一杯……不對，是半杯吧。」剩下的半杯被靜子小姐搶走了，簡直毫無天理——不過考慮到飯錢是靜子小姐出的，我好像也沒什麼立場抗議。

「哼哼～口氣很大呢，那……」靜子小姐說道：「要不要再去哪裡晃晃？」

「靜子小姐有什麼推薦的店嗎？」

「嗯……說起來，你沒有去過酒吧對吧？」

「這倒真的沒有。」

酒吧對我而言確實算是某種夢幻景點，首先我自己本來就不是那種千杯不倒的酒豪，就算去了酒吧也大概是喝完兩杯就會醉倒。

再來我也沒那個時間跟金錢跑到這麼精緻的地方喝酒，對於調酒的理解可能也只有「馬丁尼，用搖的，不要攪拌」這種程度——多虧電影的廣大傳播。

我也是過了很久才知道這種要求其實會氣死大部分的調酒師。

不過，難得靜子小姐都這麼邀請，還不去的話就未免太過不解風情了。

我們的目的地同樣位於大街上，進入行人區之後靜子小姐在一間看起來十分低調的店面前停下腳步。

混凝土牆面給人的感覺有種現代工業感，金色外框的厚重大門更加強化了這一部分的感受，靜子小姐推開大門，我跟在她身後一臉好奇地觀察這個我從未踏入的世界。

——而門內與門外，完全是不一樣的風景。

屋內除了簡單的輕音樂之外，幾乎沒有太多額外的聲音，跟外面那仍舊燈火通明的熱鬧產生強烈的對比。

站在吧檯前的男調酒師看了我們一眼，露出一抹職業而溫和的微笑招呼我們坐下。

我戰戰兢兢地坐在台前，一邊聽著靜子小姐跟對方打招呼，一邊轉頭看向四周。

「——失禮了，這位客人難不成是第一次來到酒吧嗎？」

「誒，看得出來嗎？」簡直就像是前陣子看到有關調酒師的動畫一樣，難道調酒師真的都是會讀心術的高手嗎？

「難道能猜出我想喝些什麼？」我試探性地問道。

「不，那是不可能的。」調酒師用最敬業的表情說出最直白的答案。

可惜，動畫一樣的夢想就這麼破滅了。

「雖然沒辦法準確猜出想要喝些什麼，不過還是能夠簡單觀察一下的。」調酒師笑著詢問靜子小姐。「女士就先來一杯『柯夢波丹』，男士則是『摩西多』可以嗎？」

「聽起來好極了。」

調酒師首先拿出一個電影裡面跟裝馬丁尼一樣的杯子，接著拿出在各種電影或是廣告中，可以拿來一直搖的那種調酒器，開始將各種原料加進去。

我看不懂酒瓶上面的英文，但調酒師首先倒入不少的白色酒液，接著加入一點點橘紅色外觀的酒。在那之後，他又倒入某種看起來像萊姆汁的東西，還有一些帶有粉紅色色調的液體。

「蔓越莓汁。」似乎是發現我的眼神充滿好奇，調酒師率先替我解惑。

把所有原料混在一起之後開始搖晃混合，最後將成品倒入一開始的酒杯中。酒杯內的液體呈現漂亮的粉紅色，檸檬切片的黃色作為裝飾點綴在表面，給人一種亮麗又不會太過高調的感覺。

「這是小姐的柯夢波丹，接著……」

調酒師拿出一個長玻璃杯，往裡面塞進薄荷、糖還有檸檬切片之後，從吧檯底下拿出……一根搗棒？

我眼睜睜地看著那位調酒師把所有原料給搗得亂七八糟，明明在我的印象裡調酒是更加優雅的東西，現在這麼一弄反而有種畫風突變的感覺。

把放進杯子的東西搗了半天後，再倒入蘭姆酒和蘇打水。過了一會，一杯看上去相對透明的飲料就這麼放在我眼前。

「……為什麼我這杯看起來很隨便？」

「你在說什麼啊，這可是算新手調酒之一喔。」靜子小姐拿起她的杯子輕輕磕碰一下我的杯子。

「……好吧，至少它看起來不像是酒精濃度很高的樣子。」

拿起杯子輕輕啜飲一口，就像外觀一樣一樣的清爽感頓時充斥在我的口腔內，雖然還是能夠品嘗出些許酒精味道，但似乎沒有啤酒或燒酒那樣這麼明顯……？

真令人意外，如果是調酒的話我搞不好可以多喝一點。

就當我還沉浸在自己的酒量可能在這段期間被靜子小姐給訓練起來的感嘆時，完全沒有注意到靜子小姐不動聲色地朝著調酒師做了個眼神示意，後者則回以一個了然於胸的表情。

很快地，我就喝完了眼前的調酒，速度之快連我自己都嚇了一跳。

「哎呀，看來這位先生的酒量比我想像中還要好上許多呢。」

「那是當然，畢竟他可是在我這邊一步步練起酒量的。」

「靜子小姐，妳也太驕傲了吧。」

「那麼，要不要試試看同樣口感清爽的呢。」調酒師問道：「『黛綺莉』——有一點酸、有一點甜。」

「好啊，感覺應該還可以。」

等待調酒師的途中，我看見靜子小姐依舊在拿著手機，像是在確認跟回覆什麼。

「難道是工作？」

「是啊，最近剛好有一個專案，無論是客戶還是我們部門的人都很難搞……啊啊，這樣下去的話禮拜六日感覺又要加班了。」

「如果有我能幫忙的地方，歡迎隨時跟我說喔。」

「向一個自己也被各種試煉追著跑的後輩求助？」靜子小姐露出一抹無奈笑容。

「很遺憾，我還沒有落魄到這種程度。」

「我才不是那個意思……」我一邊咕噥著。「我只是想說能幫上靜子小姐的忙就好了……」

「……看來你喝了酒之後，確實比平常還要更率直多了。」

靜子小姐笑著說道：「這樣不是挺好的嗎？平常就不用裝出那種游刃有餘的大人形象啦。」

「我哪可能……那樣做啊……」

我並沒有覺得自己醉了。

雖然聽上去很像是醉鬼會用的藉口，但我確實沒有醉。不僅不覺得醉，還有種前所未有的清晰感。

跟平常喝啤酒的暢快感不太一樣……是一種能夠思考更多事情，讓思緒變得更加明確的感覺。

接過調酒師遞來的杯子，我十分豪爽地一飲而盡。

「……我啊，覺得靜子小姐是很厲害的人。」

「誒，這麼突然？」

「不僅能把工作都做完，也很受到上司、甚至是會長的注意跟信任……對我的時候也是，明明自己的工作都快忙不完了，卻還是跑來鄉下幫我。」

無論是剛認識時、認識一段時間後、去到鄉下，甚至是又過了一年之後的現在——

靜子小姐一直都陪伴在我的身邊。

就算我帶給她這麼多麻煩，也從來沒有嫌棄我。

對於這樣的她，我卻……

「……我卻……什麼都沒辦法幫妳。」

不甘心。

如果只是暫時沒有辦法回應心意的話就算了，但就連工作之類的，我也只能幫助一小部分。

更別說……我根本就不知道靜子小姐的夢想到底是什麼。

一邊想著，我一邊舉起面前的杯子猛灌一口。

「你啊……我都說了不用介意不是嗎？」

「那只是靜子小姐自己在逞強而已吧。」

「那你就沒有在逞強嗎？」

「……」

「所以我們是一樣的呀。」靜子小姐用手肘輕輕頂了我一下。

「你為了自己的生活在逞強，我也在為了自己的工作而逞強。一個人獨自逞強的話或許會很辛苦，但是兩個人的話……不覺得有夥伴的時候，就會變得比較輕鬆一點嗎？」

「……這是歪理。」

「這是歪理啊。」她十分乾脆地點點頭。「但是你不也常常用歪理說服我嗎？」

……那倒是真的。啊，可惡。

「……所以我才贏不了靜子小姐啊。」

「畢竟我可是你的上司啊。」

「哼。」

我再度拿起杯子喝了一口，這一杯的外表是很漂亮的橘紅色，簡直就像是檸檬紅茶一樣。

……等等，話說回來，我已經喝了幾杯來著？

好像不知不覺喝了好幾杯……在那之後好像也沒聽調酒師特別介紹的樣子。因為剛才都還沉浸在不甘心的情緒裡所以沒發現，我現在手上這一杯怎麼看上去有點眼熟啊？

「靜子小姐……這是什麼？」

「啊，這個啊，這是今天最後一杯酒喔。」靜子小姐聳聳肩，接著露出一抹小惡魔般的壞笑。

「名字叫做——長島冰茶。」

✽ ✽

中招了。

先是用簡單的新手調酒欺騙我的感官，接著用嘗起來很甜、但其實酒精濃度不低的調酒當作鋪墊，最後再使用長島冰茶這種連我都知道有多可怕的飲品收尾。

從一開始……就落入到靜子小姐的圈套之中了嗎。

「——好好，那麼接下來……」她扶著已經走路不穩的我說道：「就這樣回去的話會嚇到雫的吧——沒辦法呢，今晚只好找個地方休息一下，明天再回去了。」

「妳……」

我有點想要抗議，但奈何身體根本使不上力，腦袋裡面也轟隆隆地亂成一團，無論是語言還是意識都難以組織。

我最終只能跟著靜子小姐一同走進附近的旅館裡。

這裡的房間比想像中還要大，靜子小姐把我扶進來之後就把我扔在床上，自己則動作迅速地開始脫起衣服——

「等一下、等一下啦！」我試圖撐起身體抗議。「我可沒有聽說會變成這樣啊，會不會太突然了……」

「騙人，明明是喝了酒才會變得更主動的類型不是嗎？」

「那是有酒精的影響沒錯，但不是現在這樣啊！」

當我還想繼續說些什麼的時候，靜子小姐已經來到我的身邊，伸出纖細的手指輕輕點了一下我的嘴唇。

「噓……你只需要放輕鬆，讓我來就好了……♡」

「靜子小姐……」

「不對喔。」她露出一抹魅惑般的笑容回答。「這種時候……就是要把敬語給省略才對吧？」

「……靜、靜子……」

靜子小姐……靜子伸出手捧著我的臉頰，接著湊了上來。

嗯啾、嗯啾——我們兩人的舌頭交纏在一起，口腔內都是酒精的味道，除此之外還帶有一點點蔓越莓的香氣……跟另外一種有些熟悉但嘗不出是什麼味道的氣息，難道是口紅或唇膏之類的嗎？

話說，從很久以前我就想說了，靜子的接吻方式……簡直色到不行。

像是會把空氣全部抽空一樣的吻，不斷地透過柔軟的嘴唇跟舌頭試探著對方的極限，一旦露出破綻就會像是咬住獵物的蛇一樣緊緊纏住不鬆開。

在這樣子不斷的攻擊之下，我因為酒精影響而感到恍惚的意識變得更加黏稠，幾乎完全沒有招架之力，只是任憑對方隨心所欲地索取。

「嗯哈……嗯啊……」

直到我們的嘴唇分開，我才像是終於獲得喘息一樣地大口呼吸著，靜子看見我的表情，似乎很滿意地舔了一下自己的嘴唇。

接著，她拿起另一邊的包包，並從中拿出某個我還蠻熟悉的東西——

「……妳連這東西都帶著，還敢說自己沒有預謀？」

「那還不簡單，承認我本來就有預謀不就行了。」

褪去原本的衣服，接著換上幾乎沒有什麼遮蓋功能的輕薄稀少布料。

過了一會，站在我眼前的——是穿著那件情趣乳牛裝，看起來跟草食性動物一點都不沾邊，反倒像是頂尖掠食者的靜子。

她的手指慢慢劃過我的胸膛、腹部，一路蔓延向下……接著指尖輕觸末端，微微的搔癢感跟刺痛傳遞過來，或許是因為喝醉的關係而變得沒那麼敏感。

隨著她的輕撫，我能感受到那裡正在不斷膨脹，開始變得有些緊繃——末端分泌著些許汁液，再透過靜子的手塗抹開來。

明明只是簡單的動作，卻幾乎讓我差點忍受不住。

「那麼……我可要開始品嘗那個粗壯的你了喔……♡」一眼見準備得差不多，靜子小姐一邊輕聲喃喃，一邊跨坐上來——

我眼睜睜地看著她慢慢與我結合在一起，濕潤溫暖的包覆感一下子就讓我的下半身變得酥酥麻麻的。也許是因為太過舒服的關係，我一不小心就發出了某種丟臉的奇怪聲音。

當然，這對靜子而言或許是一種正向鼓勵，於是她便繼續擺動腰部，每一次的動作都讓我能從不同的角度感受著靜子的體內——

「哈啊、哈啊、哈啊……」

「哼嗯、哼嗯、嗯啊……」

滋啪、滋啪、滋啪——也許我自己並沒有注意到，但我的身體或許比想像中還要興奮，我和靜子彼此交合的部分隨著身軀的擺動，能夠傳來清晰的聲響。

因為酒精而變得格外遲緩的神經，似乎也一部分地減緩了肉體上傳來的快感。

比起剛進來房間時，現在的我稍微能夠移動身軀，於是我伸出手扶著靜子的腰部，試圖把主導權給搶占過來。

「哈啊、哈啊……你、你別想……！」當然，靜子似乎也知道我想幹嘛，於是一手抓著我的手臂，腰部則扭動得更加賣力。

「看招……哈啊、哼嗯、嗯啊……！」

不行——雖然敏感度確實跟平常相比下降很多，但作為代價，現在下半身的地方可是緊繃地讓我有種不舒服的感覺。再這樣下去的話，恐怕會一發不可收拾……

「靜、靜子小姐？先慢點……先慢一點點！」

「嘿誒——原來你也會露出這種表情嗎？」

「這可不是……開玩笑的！」

「不——行～誰叫你平常的時候老是在欺負我，今天可是我扳回一城的最佳時機。」

靜子不但沒有理會我，還自顧自地加快速度——糟了，總覺得，好像快要……！

「哈、哈、哈啊、哈啊、嗯——！」

「可以喔，你也快忍不住了對吧。」靜子在我的耳邊低語。「快一點……快點把你的全部……通通都給我……！」

「靜、靜子……！」

本就已經快要到達極限，又聽見靜子的話，讓我越來越難以控制自己的身體本能。明明已經抵達臨界點，卻還是不斷地試圖擺動我的腰部，只為了能夠再深入一點，更好地感受著靜子的體內、她的全部。

「不、不行了……！」

全身上下的所有力氣都匯聚一塊，溫熱的精液與快感一同達到爆發的臨界點。下半身傳來一陣一陣的痙攣，像是要衝破那層薄膜似地猛力往外噴出。

我大口地喘著氣，快感很快就褪去，取而代之的是逐漸模糊的意識跟視野……

依稀之中，可以感受到靜子癱倒在我的身上，同樣大口喘著氣。但我卻連把她從身

上推開都做不到，渾身無力，如同跌入無邊無際的黑暗之中。

在那之後的事情，我什麼都不曉得。

……

「……糟糕，好像做得太過火了。」

不知道過了多久，自己才從稍微失神中恢復。

望著正閉著雙眼的他，小心翼翼地自他身旁離開。

看來酒精的催化確實很有效，但這次很意外地，是由自己占據主動……這跟平常的感覺有些不同，反倒產生了新鮮感。

原來喝了雞尾酒，似醉非醉的樣子是那麼可愛嗎？下次再找個機會偷偷把他灌醉好了……可以的話，不如再多找一個人？這樣也能夠替自己分擔一點灌酒的壓力。

靜子偷偷摸摸地溜進浴室，簡單沖洗之後一邊用毛巾擦著頭髮，一邊走向一旁的書桌——快樂的時光總是過得特別快，眼下自己還有報告還沒寫完。

……

「我卻……什麼都沒辦法幫妳。」

腦海中浮現不久前他所說的話，讓靜子不禁露出一抹無奈微笑。

「……才沒有那種事。」

伸出手指輕輕戳了一下仍處於睡眠中的他，靜子輕聲喃喃。

從這個時候看的話，就會發現他的臉上依舊有些稚氣——那是被層層壓力和責任所埋藏起來，本該屬於他這個年紀的真實樣貌。

如果換做自己的話，肯定早就崩潰或放棄了吧？

即便如此，他依舊努力地過好每一天，不僅如此，還試著幫助周遭重視的人，從來不求任何回報。

雖然他總是覺得對自己有些虧欠——

「……但你從很早之前，就已經把所有利息都還完了喔。」

——什麼樣的生活才是成功的人生？

工作順利也好、身旁有喜歡的人陪伴也好。

有著相似目標的人們並肩前行，一同分擔壓力與歡笑。

即便生活之中充滿各種阻礙跟難關，但只要想到對方的臉，就會變得不那麼痛苦。

正因為如此，才會不想這麼簡單就認輸。

灰姑娘的魔法是有限的。

就算是這樣，童話故事也總是會有美好的結尾。

現在這樣就已經很好。

「因為——你就是我的魔法。」

靜子枕著腦袋，望著那張睡顏輕聲呢喃。

「那麼……該從哪裡開始才好呢。」

打開電腦，靜子繼續投入在工作裡。

窗外的月光，像是在守望一樣輕擁兩人的身影。

晚安，家政先生。

願你今天能有一個不需要背負責任的美夢。

第5章

屬於我們的四葉草

白色的紙，黑色的印刷字體，以及那抹突兀的紅色。

就像是懸掛在頭頂的利劍，隨時提醒著自己並不是那麼安逸。

——從今天開始，你將要負責償還這些債務。

當時好幾個看上去凶神惡煞、穿著西裝的冷酷男子這麼對自己說道。

具體的數字究竟是多少，當時根本就算不出來。望著那一大排的零，當下唯一的一個念頭，大概只有自己未來還有六十多年的人生，此時已經宣告死刑。

為什麼……這種事情會發生在自己身上？

就連哀嘆的時間都沒有，等到回過神來時已經陷入不斷工作，試圖將那龐大的數字減少的生活裡了。

雖然還沒有成年前，本來就已經有在超商打工的經驗，等到成年之後，無論是工作的內容還是時間都被大幅拉長。

然而，即便將賺到的薪資幾乎全部拿去還債，那個數字依舊屹立不搖，絲毫沒有被撼動的感覺。

就像是在沒有出口的黑暗之中蹣跚前行，距離出口的光線在無比遙遠的地方，無論怎麼伸手都無法觸及。

恐怕……就會這麼持續下去，直到最後……

——為什麼是我？

為什麼只有我遇到這種事？

有時，也會想要這麼問自己。

然而，在黑暗之中的吶喊，從來沒有人給予回應。

自己，從一開始就沒有選擇的權利。

……

就在自己覺得差不多快要堅持不下去的時候，轉機出現了。

「——你好，我是東雲企業的員工，在人力派遣相關的部門工作，叫我靜子就可以了。」

「從今天開始，你的債務將會由東雲集團出資買下——換言之，你被集團給『收購』了。」

「這並不是免費，你仍然需要用你的薪資還掉這份債務。但在那之前，東雲集團將會提供給你一份工作，並且全部比照旗下企業同樣的福利跟待遇。」

簡直像是童話故事一般的展開，讓自己一時間甚至不知道該以什麼樣的表情回答。

原本看似遙不可及的光明，突然變得唾手可得。

只要緊緊抓住的話，那麼未來——就不再是一片混沌。

……

真的能夠……這麼順利嗎？

真的……不會搞砸嗎？

會不會只要一不注意，原本看似無限光明的未來就會再度消逝？

恐懼縈繞在內心深處，就像是一把利劍，時刻提醒自己不要輕易鬆懈。

所以，要盡可能地完成所有的事。

所以，不要輕易地把迷茫的感情顯露出來。

現在的自己……不需要去考慮其他事情。

只要移開目光——原先降臨的幸運就可能離去。

怔怔地站在那座高牆面前，再度拿起錐子輕輕劃出一道痕跡。

喀拉、喀拉、喀啦。

今天的自己，依舊不斷地試圖推倒那面高牆。

——

「——嗚啊！」

我猛然睜開眼睛，耳邊的鬧鐘正毫不留情地瘋狂作響。

背後不知何時被冷汗給浸濕，腦袋似乎還沒回過神，隱隱約約有種嗡鳴的沉重感。

我一邊揉著睡亂的頭髮，一邊看向鬧鐘上的時間。

「……啊，搞砸了。」

我無奈地喃喃著。

「真稀奇呢，你竟然會睡過頭。」

「困擾的哥哥，好新奇……」

「不，真的非常抱歉……」

「沒關係啦，沒關係！我也很久沒吃過香澄姊做的早餐了呢。」

「因為有些突然，不知道有沒有做好呢……」

早上八點，我低下頭來，跟同住一個屋簷下的四位女性道歉。

「這是我前所未有的失態——作為這個家的家政負責人，我……」

「所以——不是都說了沒關係了嗎？」靜子小姐一邊往自己的馬克杯倒咖啡，一邊說道：「假如一萬次裡面有一次的失誤，雖然確實會讓人印象深刻，但是也不能就這樣忽略前面的努力啊。」

「這種話，靜子小姐敢在會長的面前說嗎。」我悶悶地問道。

「呃……」

「雖然老爸很可怕，但他現在可不在這裡喔。」綾乃姊用叉子戳起一根小熱狗塞進嘴巴。「所以放輕鬆——我們可不會這麼在意。」

「不如說，因為我們四個人的作息都不太一樣，你也一定有些累了吧？」香澄姊露出一抹溫柔的笑容說道：「辛苦你了，不只要照料我們四個人的生活，還得應付父親大人的考驗……下次覺得快要撐不住的時候，就提前跟我說一聲吧，千萬不要客氣喔。」

「哥哥，摸摸頭。」雫伸出手摸了摸我的腦袋。「放輕鬆，不要太緊繃。」

雫那滑嫩的手指在我的腦袋上磨蹭，老實說真的挺舒服的——雖然我現在還在反省中，但是有感想就是要好好說出來。

「雫妳啊，最近好像完全不掩飾了呢。」

正當我閉著眼睛，像是在享受溫泉一樣地放鬆時，綾乃姊開口說道：「以前還會稍微保留一點矜持，現在則完全用『哥哥』稱呼他了。」

「妳在說什麼，哥哥就是哥哥啊。啊，說得也是呢，因為綾乃姊是姊姊，所以沒辦法理解吧？」

「少吃他的豆腐啦，我們年紀根本差不多好嗎。」

「閉嘴啦，乳牛辣妹。」

「喂，妳再給我說一次看看！」

面對著吵吵嚷嚷的餐桌，我不禁露出一抹微笑。

和她們同居已經一年左右，今天也是一如往常的早晨。

——作為一週裡平日中最後一天的禮拜五，今天依舊是個忙碌的日子。

雖然我作為家政負責人，早上的早餐部分華麗地失敗了。但我依然還有補救的機會。

趁著她們換衣服的時候，我先一邊收拾餐廳和廚房。

……不過，比想像中還要更加整潔呢。

如果是我剛認識的香澄姊，應該會把廚房弄得更加狼狽不堪——因為不知道什麼樣的鍋子適合什麼樣的烹煮方式，或者只是單純地手忙腳亂，搞得料理台變得像被轟炸一樣。

這種一團混亂的景象，如今已經不會在香澄姊掌廚的廚房裡出現了。

這一年來，香澄姊透過自己的努力，以及我的教導之下，不管是效率還是菜色的擴展都略有小成。身為她廚藝方面的「師父」，我對她的成長感到非常驕傲。

接下來……

我一邊把兩片吐司放入烤麵包機，一邊從冰箱裡拿出火腿肉片和簡單的生菜。

「你還真是靜不下來呢。」

「啊，靜子小姐……話說，中午的話火腿三明治可以嗎？」

「咦，你還要幫我準備午餐啊……嗯嗯，沒問題喔！」

「因為是禮拜五，所以想要替靜子小姐多打氣呢。」

「真是的，你這傢伙就是伶牙俐齒。」

我幫忙把咖啡裝進保溫瓶，正好看見化完妝的香澄姊走到客廳。

「香澄姊，今天的拍攝好像有延後，時間改到十點。」我拿起記事本說道：「經紀人那邊說她昨天有通知妳……」

「啊啊，我知道～不過我會先去一趟事務所，所以等等還是會提早出門。真是的，文件類的東西真是麻煩呢。」

「哈哈，需要幫妳準備咖啡或其他東西嗎？」

「咖啡就好了，謝謝你啦。」

我替自己也倒了一杯咖啡之後來到客廳，綾乃姊跟雫正在看著電視新聞。

「綾乃姊今天有打工？」

「嗯，所以九點要出門。」

「我知道了。雫今天呢？」

「還在想～」雫從原本癱在沙發上的姿勢一把抱了過來。「哥哥，天氣這麼冷，雫我可不會這麼容易出門的喔。」

「好好，等等再幫妳泡點熱巧克力。」

或許是因為此時正處寒假期間，新聞的內容大多都跟假期旅遊相關。

寒假啊……以前我似乎沒有這麼多心力去思考這件事情。

對我來說，寒假倒不是完全陌生的詞彙，因為寒暑假的時候餐廳都會變得比較忙，所以我相對地也能獲得更多的薪水。

當然，就算賺得更多，最終也都只是那龐大債務的滄海一粟，感覺不到什麼實際的影響。

剛搬來這裡的第一個寒假，當時我還在摸索習慣著這裡的環境，同樣無暇去靜下心來思考。如今已經度過一年，我也漸漸地成為這個家的一部分。

平時大家不在家的時候，由我負責整理家裡環境，以及幫忙她們四個人。無論是夢想還是工作。

如果遇到假日時，大家就能像現在這樣聚在客廳，偶而看個電影，或者準備一些茶點來場開心的下午茶——對於現在這樣的生活，我沒有什麼好抱怨的。

不如說，簡直就像是童話故事成真一樣。

「那，我就先出門囉。」靜子小姐俐落地抓起包包。「等等到公司就要跟那個喜歡討價還價的客戶開會，啊——真是受不了。」

「哈哈哈，出門小心。」

關門聲響起，香澄姊一邊滑著手機像是在確認行程，一邊開口問我。

「吶，你今天應該沒有什麼計畫吧？」

「計畫？呃……」我歪著頭思考了一下。「……打掃、學習、去超市買食材？」

「哈哈哈，看起來跟平常一樣呢。」香澄姊笑著回答。「總之，不會太早也不會太晚回來對吧？」

「是這樣沒錯……咦？香澄姊是想要吃什麼東西嗎？需要我提早準備嗎？」

「沒有啦，想說難得是禮拜五，大家晚上好像都沒有事情，我想說不然一起去吃個火鍋好了，你看天氣這麼冷，肯定很適合。」

「火鍋啊……家裡也能夠準備就是了。」

「不用啦，大家出去吃就好了。」綾乃姊說道：「所以你今天可別跑去超市喔，要是讓我知道的話我會狠狠地揍你的。」

「誒……」

也不是不行啦，但是在家裡煮火鍋不是比較有團圓的感覺嗎？我這麼想著。

不過，既然她們希望出去吃的話，我個人也是沒意見。

「……好了，我也該出門了。」

「啊，香澄姊，我也是！」

「需要載妳們嗎？」

「不用不用，你陪雫繼續看電視吧。」

「是嗎……那出門小心喔。」

「嗯，我們出門囉。」

雫一邊朝著出門的兩人揮手，一邊把電視切換到音樂撥放程式——接著，輕柔的爵士樂便充斥整間屋子。

「竟然不是搖滾樂呢。」

「因為等等是哥哥的學習時間吧？」雫朝著我露出一抹可愛的笑容。「雫會安靜地在旁邊看書，哥哥只要自己專心就好了喔。」

「……嗯，謝謝妳，雫。」

我站起身，走去書房把筆記本拿出來。

在爵士樂的襯托下，真的有種在圖書館或者咖啡廳讀書的感覺……我一邊把好幾個厚重的書本放在客廳茶几上，一邊打開之前抄寫紀錄的筆記。

整個客廳一時間除了背景音樂之外，只剩下翻書的沙沙聲，以及偶而拿筆在紙面上寫東西的聲音。

身處這樣的環境裡，很難注意到時間正悄悄地流逝。等到我再次抬起頭來的時候，時間竟然已經接近中午了。

在如何把我訓練成一名「真正的男子漢」上，會長……也就是三姊妹的父親，可謂是煞費苦心。

然而我不只一次懷疑他是不是單純居心不良，雖然大部分時候的要求看起來還挺有那麼一回事的。比如說語言相關的檢定啦、一些商業管理相關的執照或者學程之類的。

但是最近他竟然叫我去考水下攝像潛水員證照——為什麼在幫助她們的夢想途中會需要這種東西？當我看見電子郵件的內容時，也曾經陷入思考，在內心不斷吐槽過。

再這樣下去的話，或許我哪天就要被抓去夏威夷學習怎麼開飛機也說不定。

反過來說，為期兩年的試煉如今已經走過一半的時間。雖然過程中遇到不少麻煩事，也被各種刁難過……但至少目前依舊順利地進行著。

有個著名的漫畫裡面曾有這麼一句名言「你會記得你吃過多少片麵包嗎？」，這句話讓我蠻印象深刻的。

不過，聽說在別的國家，成年男子因為義務役而需要入伍受訓的時候，往往都要一邊數著早餐饅頭的數量，一邊等待退伍的那一天——

明明是看似漫長的日子，也可能在不斷持續的日常中慢慢消磨殆盡。

被推遲的回答，也許很快又要再一次重新面對。

到那時候，又該怎麼辦呢……

我一邊轉著自動鉛筆，腦袋裡似乎沒能很好地保持專注，思緒遠離擺在面前的講義，朝著更遠的地方徘徊。

……不行，專心專心。我拍了拍自己的臉頰，強迫自己重新把注意力放回講義上。

不是已經下定決心，要好好地幫助她們完成夢想了嗎？不僅如此，對於在這段時間以來協助我這麼多的靜子小姐，我不是也打算要報答她了嗎？

靜子小姐可是從一流大學畢業的高材生，無論是能力或者實績，可是連會長都認可的人——不然的話，會長也不會只是單純看了靜子小姐整理的資料，就下了把我給「買斷」的決定。

我沒有辦法完全成為靜子小姐那樣的人，那是不現實的妄想——但是如果想要追上她的腳步，我就必須讓這些挑戰變得理所當然才行。

這都是為了能夠成為合格的家政負責人所必須的歷練。

……說起來，那個名叫松下的管家先生……就是負責會長以及會長夫人一切日常事務的幹練男人，那個人也很厲害呢。

當會長因為工作緣故，沒辦法親自鍛鍊我劍道相關的修行時——請不要問我為什麼需要學習劍道——也都是松下先生代勞。

冷靜、沉著、無懈可擊——這就是我對松下先生的評價。

能夠精準掌握會長與會長夫人的行程，面對任何的緊急狀況都保持處變不驚的態度，就連松下先生泡的紅茶都好喝到讓我甘拜下風。

這個男人難道就是東雲集團的「安德莉亞」——那個得完美配合可怕時尚圈雜誌主編私人助理一般的存在嗎？我不只一次這麼想著。

也許會長就是打算把我訓練得跟松下先生一樣。成為三姊妹身邊屬於她們的「松下先生」——對此，我既期待，又擔心自己搞砸。

不僅僅只是職業能力的關係，還有更多顧慮的地方。

每當想到這些事情的時候，我就像是在焦慮與振作的兩端不斷地來回交替試探，心情也變得跟黑白棋一樣變化不定。

——嗡嗡嗡、嗡嗡嗡。

我放在桌上的手機突然響起震動。

這種時候，會是誰打電話過來……我拿起手機，在看到來電顯示之後猛然張大雙眼。

「……是，您好，松下先生。」沒想到想著松下先生的事情，對方竟然就剛好打電話過來。

「——你好，不好意思在這種時間打擾你。」

「不會不會，那個，請問有什麼事……」

「雖說有點麻煩，不過可以請你來一趟總公司嗎？」松下先生在電話裡說道：

「——會長以及會長夫人，想要跟你通話。」

✽✽

會長跟會長夫人在半年多前就因為工作的關係出國了，這段期間幾乎都不在國內。當然，就算是這樣，我還是得定期向會長回報三姊妹目前的狀況……還有定期接受會長的「考核」。

因為不知道回來時會是什麼時候，我只好請雫自己解決午餐的問題——還好家裡食材有剩，於是我出門前已經先簡單做好一些料理，只要雫中午的時候再丟去微波一下就能食用。

從地下鐵出口踏出來，東雲集團的總公司大樓就這麼矗立在我的面前。

附近有不少神色倉促的上班族，看起來應該都是集團的員工，果然在東雲集團裡，時間就是金錢的觀念很好地植入在每一個員工的腦海深處。

我稍稍整理一下儀容，吐了一口氣之後才往大樓走去。

櫃台負責接待的小姐穿著挺拔俐落的套裝，看見我靠近就率先開口詢問：

「您好，請問訪客有預約嗎？」

「是，我跟松下先生有約。」

「好的，請稍等。」

當對方在確認的時候，我又再度環顧著這個用玻璃打造，看起來十分明亮的接待大廳，望著那些來來去去的人潮，每個人都像是被時間追趕著。

現在的我也是這樣——不，恐怕比那還要更加糟糕。

「——您好，松下先生已經在樓上等您了。」

「好的，謝謝妳。」

我坐著電梯來到最高層——也就是會長的辦公室。
雖然會長不在國內，但最高層的辦公室依舊能透過連線的方式跟會長進行定期聯絡。
「——久等多時了。」穿著西裝的男子朝我微微敬禮說道。
「不好意思，松下先生。」我有些慌亂地回答。
「不會，請進吧。會長正在線上。」
我跟著松下先生走進會議室，一眼就看見上面的螢幕上顯示著那個十分威嚴的身影。
被放大的身影在我的眼中看起來格外可怕，令我不禁縮了縮身子。
身穿和服，簡直如同戰國時代大名一樣充滿壓迫的男子瞇起眼睛，就像老虎一樣死死盯著自己的獵物……
「……哼，就算過了這麼久，還是不夠像樣啊。」
而且一開口就是數落我，比想像中還要悲傷。
「非常抱歉，會長……」
「就是這種地方——令人不快。」

低沉而威嚴的嗓音透過喇叭很好地傳入我的耳內，每一句話都像是一塊塊重石往我身上壓來。

「你有搞清楚自己的立場嗎？你是為了什麼才在這裡的？」

「是，非常不好意——」

「你的應對只有不斷道歉而已嗎，蠢貨！」

……糟糕，總覺得說話格外燙嘴，好像不管說什麼都會被教訓一頓。

「你差不多也該有所自覺，你不僅僅只是東雲企業的一員，更是我那三位女兒身旁最為銳利的矛、最為堅固的盾……哼！」

「……」

「……回答呢！」

「是、是！」

額間冒著冷汗，身體微微地顫抖，處處都暴露著我心中此時的動搖。

「……還愣著做什麼？最近的狀況呢？」

「是，她們三姊妹目前的狀況……」

……

我一邊拿出紀錄的筆記本，一邊鉅細靡遺地向會長回報——當然，回報的是關於她們三人日常起居以及事業或夢想相關的部分。

至於那些不怎麼適合未成年人的內容根本連提都不敢提，我還不想就這麼不明不白地被灌水泥之後沉進海灣。不過聽說最近的顯學是把人跟瀝青一起丟進去煮，最後變成馬路的一部分。

在這段時間裡，會長難得沒有為難我，只是安安靜靜的聽著。

「……以上，就是她們目前的狀況。」

「……嗯，勉勉強強。」會長的眼神銳利地刺向我。「那麼你自己又如何呢？」

「在您的吩咐下，我目前的學習正按照進度順利進行中。」

「是嗎，確實能夠在時間內完成任務，是你為數不多的優點之一。」

「多謝會長的稱——」

「我沒有稱讚你，你這蠢貨！」

「是，不好意思。」

雖然會長很可怕，但我還是偷偷地觀察著對方的一舉一動。不知為何，會長的手指敲著扶手，似乎在……猶豫？

是為了什麼而猶豫呢？
「……松下，把那份資料給他。」
「是的，會長。」松下先生把一疊資料，以及一張照片遞給了我。
我傻傻地接過資料，還來不及確認裡面的內容，就先看見了照片上的畫面。
——一時間，我差點就忘記怎麼呼吸。內臟就像是被全部暴力地揉在一起，令人難受萬分。
一個不小心，我手上的資料就這麼滑落，摔在毛毯上。
無論是松下先生，還是會長，都對我的失態沒有任何表示。
「……」我伸出不斷顫抖的手，戰戰兢兢地將資料撿起。過了一段時間，才艱難地緩緩開口：
「這是……什麼時候的事情？」
「照片是在今年九月左右拍到的。」松下先生回答。「請安心，就目前收集的資料，你並不會因為這件事情而受到牽連。這是他們自己做出的選擇，就算未來再度產生債務相關糾紛，你也只需要拋棄繼承即可。」
「……我先確定一下。」我指著照片上那兩個既熟悉又討厭的身影說道：

「他們……我的父母他們現在應該沒有欠債吧？」

「沒有，看來過去的失利讓他們變得小心翼翼。」松下先生說道：「雖然現在他們在度假遊輪上過著糜爛的生活，但姑且還是保持沒有任何債務的狀態。」

「……這樣啊。」

我重新看向會長，他的眼神之中充滿威嚴，同時還有厚厚一層看不出意圖的高牆。

「……會長把這件事告訴我，是想要警告我……嗎？」

「為什麼我要做那種事情不可？你覺得身為東雲集團頂點的我，會需要用到威脅這種不入流的小手段，來警告一個身無分文的小伙子嗎？」

「不是……並不需要。」

「既然如此——」會長的眼神變得銳利，當他正打算繼續對我說些什麼的時候……

「——哎呀，不用把氣氛搞得這麼嚴肅，親愛的。」

就在此時，一個女子的聲音突然插入對話之中，與此同時一道銀白色的身影也跟著進到螢幕裡。

「……！」雖然只有一瞬間，但我很明顯地在會長的臉上看到……該怎麼形容呢？就像是老虎的尾巴突然被人狠狠踩了一腳，但老虎不敢發威，只好彆扭忍住的表情。

「抱歉，這個人就是這麼不直率。」

那個女人在會長身旁坐下，一邊說道：

「多虧他的笨拙，就連和自己女兒好好相處這種事情都做不到，也為你帶來不少麻煩。」

「不，請不要這麼說……會長夫人。」我回答。

螢幕上，那個跟雫簡直像是一個模子刻出來的女性雙手交疊，冷靜的面容勾勒出些微笑意。

「即便他們為你帶來了苦痛跟絕望，依舊還是你的父母……就算你不想與他們有所牽扯，血緣之間的相連卻是貨真價實。不必與他們有所聯絡，但你也需要知道他們的現狀……以免哪一天又因為他們的關係而失去原本的幸福。」

會長夫人看了一眼身旁的男子，繼續說道：「很可惜，我身旁的這個男人連這點小事都說不出口，除了威脅跟恐嚇之外什麼好話都說不出來——既然如此，就由我來說出本應由他所說的話。」

女子看著我，露出一抹肯定的眼神。

「——你已經做得很好了。」

「……謝謝您的誇獎。」

「不必謙虛，我不過只是正確地評價你過去的所作所為。目前只要繼續保持即可，然而……」女子這麼說道。

「就算你能夠通過所有的試煉，你依舊得做出選擇。」會長接話：「不要有那種愚蠢的僥倖心態。就算她們三個都傾心於你，你也只能從她們之中選擇一位。」

「……我明白，但是就算如此……」我緩緩說道：「我也不會就此疏遠其他人——無論做出什麼樣的選擇，我都會成為她們身旁最可靠的支柱。」

「那種事情——」

「——好，到此為止。」會長夫人強行打斷會長的話。「在工作與事業上，我不過只是個偏僻鄉下出身的修女，僅此而已。無論這個男人做出什麼事業上的決定，都不是我能夠置喙的事情。」她用那冷淡的眼神掃了一眼身旁的會長，後者則是冷哼一聲，女子則繼續說下去。

「但是，這是我的女兒們的幸福，是我們東雲家的家務事。既然是家務事——那就是由我說了算。」

「……」

「所以，我很期待你會做出什麼樣的選擇，年輕人。無論你打算做出什麼樣的決定，只需要在乎一件事情。」

「——不要讓自己後悔。」

銀白色長髮的強勢女子如此對我說道。

✤ ✤

離開大樓，我的心情依舊還沒完全平復。

雖然我也不是沒有想過這個問題……不過在這之前，大部分時候都是用一種「反正還有時間」的心態輕描淡寫地帶過。

然而，問題並沒有解決，只是被我繼續擱置而已。會長跟會長夫人的「提醒」，算是再一次把我從美好的童話裡拉回現實。

走過琳瑯滿目的商店，我透過櫥窗看見裡頭的巧克力蛋糕，看起來挺美味的，又是這種寒冷的天氣……吃著蛋糕搭配熱騰騰的咖啡，肯定會是一個很棒的下午時光吧？於是我拿起手機撥通了雫的手機。

「——喂？雫嗎？我現在正在蛋糕店門口，妳想吃巧克力蛋糕嗎？」

「不、不用！」意外地，明明面對巧克力就會失去抵抗能力的雫竟然選擇拒絕。

「哥哥現在準備要回來嗎？」

「嗯，真的不要嗎？我想說可以搭配一點下午茶……」

「不需要！而、而且，哥哥也先不要回來！」

「誒？」

「哥、哥哥就先去咖啡廳隨便亂晃一兩個小時好了——晚、晚上六點前再回來就好！」

「六點？」我看了一眼時鐘。「——喂！現在距離六點還有三個小時欸！」

「反正你不要這麼早回來就對了，那就這樣——」

「咦？雫？」

電話被俐落地切斷，我一頭霧水地站在人來人往的街道，有些茫然。

……難道是叛逆期？

雖然搞不清楚雫在想什麼，不過都被這麼說了，我只好真的找了間咖啡廳暫坐一會。好險我有帶著筆記本，也有她們未來幾週的行程表，正好趁著這段時間來確認一下每個人的安排。

因為有低消所以買了一杯熱美式，我獨自一人坐在咖啡廳二樓的角落，抬起頭來的正前方正好能從一大片的落地窗看見外面的城市景色。

「香澄姊下個禮拜有廣告拍攝……經紀人有事先提醒要去確認服裝的部分……綾乃姊是平常的打工……雫……下禮拜三要到商場買新的電腦零件……靜子小姐下個禮拜四開始要到外地出差，記得請她幫忙買伴手禮……」

「英文檢定是月底，在那之前要把考古題寫完。之後還有其他的考試要準備……」

……

我停下在記事本上塗塗寫寫的動作，嘆了一口氣。

家庭嗎……比想像中還要沉重的詞彙呢。

雖然已經習慣了獨自一人的感覺。但是不自覺之中，果然還是會對那樣子的關係感到些許羨慕或者嚮往。

即便關心的方式或許並不合適，即使在外人眼中看來，會長的所作所為是在扼殺自己女兒們的可能性。

然而作為一個父母的立場，雖然會長確實有做得不好的地方，但卻很難指責一開始的初心。

對於那樣的關係，雖然並不會想要受到同樣的對待，卻也有點對那種關係感到不甘。

如果……我也能夠受到那麼一點點的關注，不需要過度，也不需要太多。

只要一點點就好……自己的生活，會不會就此變得不一樣呢？

我無法知曉這個問題的答案，至少現在還不行。

我甚至無法肯定這樣的自己在做出選擇之後，是否真的能夠為她帶來幸福。

這種複雜的心情就跟咖啡一樣，帶著些許苦澀滋味，在我的心頭徘徊不去。

就這樣，我開始覺得自己的眼皮變得沉重，意識也跟著慢慢渙散……

……

「……嗯？」

……張開雙眼，腦袋還有一些昏昏沉沉的感覺。

外面的光線已經從明亮的白色轉為晚霞的橙色，手臂上面紅紅的壓痕似乎在提醒我睡了不短的時間。

桌上的咖啡早已涼卻，周遭的客人看起來也換過好幾輪……我睡了多久？

拿出手機，差不多快到被命令要回去的時間了……說起來雫她們究竟是在計劃什麼？這麼神秘地叫我不要太快回去，但是晚上香澄姊不是說要出去吃火鍋嗎？

抱持著一大堆問號，我踏上返家的路程。

週五的下班時間，雖然此時剛好是學生寒假的時候，但人潮並沒有因此減少。相對的，不如說只是穿著學生制服走在街上的人數減少而已。實際上學生們大概都會趁著假日一同出遊，這個時候正好是要準備回家的時間吧？

……等到檢定結束之後，趁著綾乃姊跟雫她們還沒開學前，看看要不要大家一起再去什麼地方玩吧。比如一起去泡溫泉感覺就很不錯，特別是在這種天氣裡。

然後等到合適的花期一起去賞櫻；夏天的時候去到郊外的露營區烤肉，秋天、冬天……能夠和她們一起做的事情還有非常多。

……等到那個時候，我能不能夠順利地做出選擇呢？

「……啊啊，比想像中還要困難啊……」

我一邊想著，一邊轉開家裡的大門。

……靜悄悄地，屋內竟然是全黑的狀態。

「咦？」

難道是什麼惡作劇嗎？是那種「哈哈其實我們早就出門準備吃火鍋囉，你就一個人像灰姑娘一樣在家裡打掃衛生吧哇哈哈哈」一邊把人從群體中排擠出去的可惡玩笑嗎？

總之先打開燈再說——當我伸手摸向玄關的電燈開關時，隨著燈光一同亮起的，還有一點都不整齊的派對拉砲聲。

「——歡迎回家！生日快樂！」

「嗚哇呃欸？」

我像是程式出現錯誤的機器人，一時間不曉得該做出什麼反應比較好。

家裡的四個女生，此時正站在玄關的位置，每個人都拿著拉砲，笑著看向我。

「——好！驚喜大成功！」綾乃姊開心地說道：「雫打電話的時候，我還以為肯定會穿幫呢～」

「煩死了，我也很緊張好嗎！」雫站在一旁表達自己的抗議。「還讓我放棄了巧克力蛋糕……妳之後要賠我一個！」

「好好好，我賠就是了……不過這個，意外的還蠻大聲的誒。」

「而且也變得好亂……」靜子小姐看了一眼自己手上的拉砲。「總之，先來整理一下吧。好了，別在那邊愣著，你也來幫忙。」

「咦？喔……」我一邊接過掃把，好不容易才開機完畢的大腦終於稍微恢復運轉。

「生、生日快樂？誰的？」我這麼問道。

「……喂，這傢伙沒問題嗎？」

「看來是老爸把他逼得太緊，腦袋已經變得有問題了。」

「還問是誰的生日……」香澄姊露出苦笑，一邊把我腦袋上的彩帶拿下來說道：

「當然──是你的生日呀。」

……誒？

我後知後覺地看了一眼日曆，但我的生日不是在更早之前就過了嗎？

「……也太突然了。」說起來，我本來就沒有什麼過生日的習慣，所以也沒有特別期待她們幫我準備驚喜之類的。

「今年大家都忙著自己的事情跟工作，結果根本沒有時間幫你慶祝。」像是猜出我的想法，靜子小姐說道：「所以，才決定要幫你補辦一場生日派對……而且還要用驚喜的方式。」

「那麼……火鍋……」

「當然是大家在家裡準備好了啊！」綾乃姊拍了拍我的肩膀。「嘿嘿，我在超市可是很受其他同事歡迎的。我已經事先請別人幫我準備好食材了，今天也是提早下班回家準備。」

「說是要去外面吃，只是擔心你會不會跑去多買菜回來而已。」香澄姊笑著說道：「來吧，火鍋剛煮好，你回來的時機很剛好呢。」

「因為太剛好，差、差點就要暴露了……」雫說道：「哥哥就是這一點不好，太準時可是會錯過很多風景的喔。」

「……」

我呆立在原地，看著正開心向我說著今天為了驚喜而做了什麼樣準備的她們。

在心底裡面，好像有什麼情感正在湧出。

「——沒事吧？」靜子小姐看著我的雙眼，露出一抹淡淡笑容。

「去年一整年，我們四個人在你的幫助下成長了很多，我們也知道你比想像中還要辛苦……」

「所以你不用太有負擔，現在的我們能為你做到的事情，也就只有這些而已。」

靜子小姐站在我的面前，依舊是那充滿幹勁與溫柔的神情，這麼向我說道：

「……辛苦啦，今年也多多指教了。」
我伸出手揉了揉眼睛，不是因為我想哭，只是突然覺得眼睛那邊有點酸而已。
要忍住，絕對要忍住。
「……嗯。」我開口說道：「也請大家……多多指教了。」
我想盡辦法，讓自己的聲音聽上去不要那麼顫抖。
夜晚的家裡，洋溢著幸福與溫暖的氣息。

深夜的客廳，只剩下均勻細小的呼吸聲。
茶几上面擺滿各種零食、飲料，甚至還有鋁罐氣泡酒的空瓶。
正因為是這麼寂靜又昏暗的空間，顯得同樣位於一樓，半掩的客房門中流瀉而出的微小燈光顯得格外清晰。
跟著光線一同洩出的，還有時不時傳來的……喘息與呻吟聲。
「哈……哈……哈……」

「哼嗯……哈啊……」

「唔嗯……噗啾、呼嗯……」

我一邊坐在床鋪上，嘴唇的位置正被有著棕色長髮的女子給索求著。一邊親吻著我，手指同樣不安分地在我的胸膛上摸索，指尖輕觸傳來的搔癢觸感讓我覺得意外的舒服。

與此同時，我的下半身也被另外一個人給占據。

黑色及肩短髮女子正一邊用手輕輕擺弄，一邊用著自己的嘴巴不斷地吞吐吮吸肉棒，舌頭輕輕刮過末端，卻沒有想像中這麼敏感。或許是酒精的催化，讓我的精神變得更好一些，觸覺也變得沒有這麼敏銳。

雖然床鋪的空間大到能夠同時容納三個人，眼前的景象仍舊讓我以為是喝醉之後出現的幻覺。然而無論是此時對方嘴唇接觸的觸感，還是下半身傳來的濕潤感，都再次地強調這是正在發生的事實。

到底……為什麼會變成這樣……

事情要從一個多小時前說起。

在那充滿驚喜的迎接之後，我們開開心心地在客廳煮起了火鍋——當然主要還是在餐廳把食材準備好，不過這不妨礙大家把自己的碗直接端到客廳去。

電視播著在串流平台上選擇的電影，除了熱騰騰的食物之外，還有各種零食餅乾跟飲料，看來綾乃姊在打工的地方準備了不少東西回來。

在這樣值得慶祝的日子，我也比平常要更加放鬆一些。也許是因為這是好久以來，第一次有這麼盛大的場合跟這麼多人同時一起為我過生日吧？

以前大部分都是我和靜子小姐在下班後，兩個人一起去哪間餐廳簡單吃個飯順便慶祝一下生日，如今卻是在這麼歡樂溫馨的地方，和她們一同度過。

或許是這樣的安逸感，讓我放鬆了警惕。

生日派對來到後半段時，不知道誰先從冰箱拿出了幾瓶看起來很可疑的鋁罐，接著在慫恿之下，雫率先喝了第一口——然後就這麼昏睡過去。

事實證明雫對於酒精的耐受程度比我還要低。

似乎對這個看起來很稀鬆平常的酒罐能夠一下子把人放倒而感到不可思議，綾乃姊決定自告奮勇嘗試一下由她負責帶回來的氣泡酒究竟藏有什麼名堂……結果也挺顯而易見，綾乃姊成為了第二位陣亡者。

在那之後，一場說得上是惡夢的爭奪會就這麼展開了。

香澄姊跟靜子小姐看過我喝醉的樣子，日常生活裡她們也時常試圖讓我複製那次喝醉的表現——但我前陣子才被靜子小姐灌倒一次過。雖然我不是聖鬥士，但是同樣的招數也不可能每次都管用吧！

這麼說起來，的確得感謝一下靜子小姐，在那次嘗試各種調酒的經驗後，我好像對酒精的抗性又增加了不少。

於是乎，家裡剩下的三個人開始一瓶又一瓶的喝起來。

最初的時候，香澄姊跟靜子小姐試圖聯手把我灌醉——但大概到中途，香澄姊發現靜子小姐竟然偷偷在灌自己酒之後，原本一對二的局面就這麼瓦解，轉而成為互不相讓的大亂鬥。

身為爭奪獎品的一部分，照理說我不應該這麼自動自發地把自己灌醉；然而就像我剛才所說的，在這樣的日子和氣氛中，我似乎比平常還要更不謹慎。

於是，時間回到現在——

「……哈嗯……哈嗯……」靜子小姐仍然持續對我的私密部位不斷逗弄著，一邊抬起頭來問我：「怎麼樣……舒服嗎？」

「……嗯嗯，非、非常……唔唔嗯！」

「不行喔，可不能夠忙著回答而分心。」香澄姊一邊舔著嘴唇，一邊把我的臉給輕輕轉到側邊，好讓她能夠一邊看著我，一邊瘋狂地向我索取親吻。

「……」

我感受到下半身那邊的刺激好像停了下來，正當我想轉過頭確認的時候，卻聽見香澄姊傳來呻吟。

「嗯呀！妳、妳在做什麼，靜子小姐……！」

「還用說嗎？當然是想辦法讓妳分心啊，香澄小姐。」靜子小姐露出一抹稱得上邪惡的笑容說道：「反正我從一開始就打著壞主意，現在才不介意被當成反派角色呢，哈哈哈！」

一邊說著，靜子小姐張開嘴巴，接著——朝著香澄姊那對光滑的巨乳親了下去。不僅如此，她還開始如同嬰兒般地吸吮乳頭的部分，突如其來的刺激讓香澄姊的身軀明顯一軟，整個人失去力氣地靠到我的身上。

「嗯啊、哈啊、哈啊……！」香澄姊伸出手遮住自己的嘴巴，防止自己發出更大更淫亂的聲音。「靜、靜子小姐，請快點住、住手啊……！」

「我才不，這是妳剛剛把他注意力奪走的處罰！」

「唔嗯——快、快點救我！」

香澄姊把求助的眼神往我這裡丟了過來，然而很遺憾，面對這種情況，我可是什麼忙都幫不上。

「抱歉……香澄姊，我打不贏靜子小姐啊。」我一邊掙扎地擺出無奈的表情回答。

我才不會承認我其實挺享受現在的畫面的。

「騙人！大騙子！」香澄姊欲哭無淚。

「哈哈哈哈，看來連他都在幫我呢！」靜子小姐像是贏了什麼似的。

這樣可不行啊，靜子小姐，要是害我被當成會偏心的人就不好了。

雖然這個景象我大概還能再欣賞個十多分鐘，但我還是決定出手。

「——咦！你、你幹嘛！」

「又在問這種無聊的問題了。」我伸出手用力地搓揉靜子小姐的胸部。「——當然是因為山就在那裡啊。」

「我聽不懂你在說什麼啦！快、快點住手！」

「很可惜，想把我灌醉的人可是妳們耶。」我挪動身軀，讓自己有一個更好的角度能夠深入。「都到這種時候了，可不要輕易喊停喔。」

「等、等一下，這個姿勢？」靜子小姐試圖轉過身把我推開——就在這個時候，她卻發現自己被人牢牢抓住，沒辦法移動。

「香澄小姐？」

「……看來，局勢改變了呢，靜子小姐。」香澄姊依舊是那笑咪咪的表情，然而笑容之中挾帶著的寒意卻讓靜子小姐開始害怕起來。

「……香澄小姐？我們有話好好說嘛，好嗎？現在這裡擅自搞分裂的話對我們沒有什麼好處……」

「怎麼會呢，靜子小姐。」香澄姊說道：「才不是什麼分不分裂的問題呢，果然這種事情，還是要大家都舒服才對呀。」

正當靜子小姐的注意力被香澄姊吸引的時候，我已經對準了目標，開始慢慢往內挺入。

「呀啊！」一瞬間的插入，似乎讓靜子小姐有些措手不及。

「哈啊……快、快住手……」

「不～行♡」香澄姊伸出手指開始挑弄著靜子小姐的胸部，甚至同樣用自己的嘴唇將靜子小姐的嘴巴堵住。

「唔、唔嗯？哼嗯！」

就這樣，本來想要偷襲的靜子小姐反而受到夾擊，而香澄姊則一邊吻著靜子小姐，一邊用眼神示意著我。

於是，我一邊維持著抽插的動作，一邊伸出手用手指輕輕刮著香澄姊的私密處。

滋噗、滋噗、滋噗……房間裡，只剩下我的喘息，以及兩位女性接吻時發出的微微呻吟。

這是我第一次和兩位女性一同產生親密接觸的經驗，但或許是因為醉意的關係，我似乎比想像中還要更加大膽。

就這樣，我逐漸加快速度跟力道。

「等、等一……哈啊、哈啊、哈啊、喔嗯——哈啊啊啊啊、哈啊啊啊啊——！」

遭到雙重夾擊的靜子小姐很快就繳械投降，身軀因為快感而痙攣，渾身癱軟地倒在床舖邊緣，與縫隙之間微微的牽絲散發著色情的氣息。

「你表現得很好嘛……」香澄姊朝著我勾了勾手。「那麼……這裡也……吶？」

我沒有回答，只是往她的方向靠近，接著將香澄姊壓在身下，但同時又將她的雙腳給抬起，就這麼靠在我的肩膀上。

「咦、咦咦？」香澄姊似乎有些錯愕。「這個是……呀啊！」

這一次，同樣是毫不間歇的進出，一次又一次的深入，每一次頂到最深處時，都能感覺到香澄姊的內部在一跳一跳地收縮著。

這樣的姿勢，似乎比過去都還要更容易頂到最裡面，很快香澄姊便滿臉潮紅，再也無法顧忌形象地肆意呻吟，渾身都散發出淫靡的氣味。

「哼啊、哼啊……等一下、這個姿勢跟速度……嗯啊、哈啊啊——！」

啪、啪、啪、啪。

滋噗滋噗、噗咻咻——自體內湧上的快感跟濃厚的精液一同填滿了濡溼的肉穴內。

當我最後一次用力地朝著香澄姊的體內頂入時，我看見她雙眼微微失神，表情變得渙散的樣子。

用盡全力，把自己的全部都釋放出來——黏稠的液體混雜著汗水，沾滿了床單以及我們的身軀。

……

當我再次醒來時，天還沒有亮。

時鐘上面顯示的時間是淩晨四點，我小心翼翼地爬起來，生怕吵醒睡在我旁邊的香澄姊跟靜子小姐。

走到客廳，輕輕地替綾乃姊跟雫蓋好棉被。

簡單收拾一下餐廳之後，我就這麼獨自一人來到後院，穿著一件薄外套，坐在庭院外面的木質走廊上，一個人抬頭望著正慢慢變亮的天空。

「……」

……對於那個即將到來的提問與選擇，我到昨天之前，似乎都沒有真正想要的答案。

但是，與她們一同度過的這段時光，以及我從中所得到的「寶物」……或許，答案從一開始就已經注定了。

即使那個答案肯定會遭受各種質疑，甚至根本就不被容許。

就算是這樣，我也不想要這麼輕易就將她們對我的重視捨去。

那抹天亮前的拂曉，像是在肯定跟鼓勵我的內心一般，閃耀著、照耀著。

——早安。

是時候做出屬於我……屬於我們的回答了。

✽✽

「真稀奇呢，你竟然會主動聯絡我。」

「是，不好意思在這種時間打擾您，會長。」

「無妨，你想說什麼？」視訊鏡頭的另一端，會長微微瞇起眼睛盯著我。「你的臉色有點蒼白啊，昨天沒睡飽嗎？」

「因為昨天大家在慶祝我的生日……」

「哼，還真是個享受齊人之福的傢伙啊。」

會長的表情依舊是那個威嚴的樣貌，看著他的樣子讓我有些緊張。

而躲在不遠處的房間內，我的眼角餘光可以看到四顆腦袋正從門邊探出頭來，每一個人的臉上都帶著擔憂以及關心。

……看見她們的表情，我當然得振作起來才行。

只不過是透過視訊跟會長講話而已，這種小事我又怎麼能夠退縮呢？

「算了，你現在就盡量享受這種狀況吧。就如同我之前所說，你終究得做出選擇。今天該不會是打算告訴我這件事吧？」

「不愧是會長，我確實是打算跟會長談談。」

「喔？那麼，就像個男子漢地告訴我吧，你的選擇是——？」

「……」

我握緊拳頭，深呼吸了幾口氣。

雖然是這麼說，但我似乎比想像中還要更不緊張。也許是因為昨天的醉意到現在都還沒完全清醒，讓我變得更主動了一點。

也可能……只是我單純覺得自己不能再這麼曖昧不明地對待這件事。

一直以來，我總是用著債務、身分、價值觀等等的理由避開回答，自以為現在保持專注幫助她們的夢想，就已經足夠。

並不是這樣的。

她們所喜歡的我，並不只是單純的外表，或者是擺脫一切枷鎖的樣子。從一開始，她們所喜歡上的，就是即便被債務給綁手綁腳，卻依舊願意幫助她們的我。

就這一點上，也許我才是受到她們幫助最多的也說不一定。

正因為這樣，我才不能夠再繼續迷茫不前。

現在，就在這裡，我要把我的答案，全部展示給會長——

「……不會選擇。」

「什麼？」

「——我說！」我突然抓起平板朝著對方大喊道：「我！不會！在她們之間做選擇！又不是選秀大會，是在選什麼啦！為什麼我非得要從她們四個這麼優秀的女人之間選一個出來，然後放棄其他三個同樣優秀的人不可啊！」

「你開什麼玩——」

「我可是！被會長各種不合理的要求給折磨了一整年啊！」我繼續大喊著。「這不都是因為，會長打算把我訓練成真正的男子漢嗎！」

「既然這樣的話！我身為一個堂堂正正的男子漢，一個成熟的大人——想不出比這更好的方案了！」

「你想說什麼！」會長的額頭迸出青筋，惡狠狠地瞪著我。

然而，這個時候的我就像是想要正面迎接風暴一樣，同樣惡狠狠地瞪了回去，一邊說道：

「我想說的是——身為一個成熟的大人，答案當然是『我全部要』啊！」

——為什麼非要選擇不可呢？

正因為我覺得自己無比幸運，所以我才會在之前不斷地迷茫、舉棋不定。

正因為我知道她們都為我帶來了從未感受過的幸福，我才覺得做出選擇的話，無疑會傷害到其他三個人。

但是……答案不是很簡單嗎？

現在的我能夠擁有這樣的生活，難道只是她們之間某一個人的幫助才達成的嗎？

不對。

是四個人才對。

就像是象徵幸運的四葉草一樣——我的幸福，是建立在她們四個人都在的前提下的。

所以——

「——我會讓她們四個人都幸福的！我的生活裡面，只能是她們四個，少了誰都不行啊！」

「你這小子……你這小子！」

要不是因為隔著螢幕，會長看起來就像是會直接衝上來把我撕成兩半的樣子。但是我現在可管不了這麼多了。

「請您看著吧，會長！不管您要用多麼困難、多麼刁難人的試煉都無所謂！我會全部通過，堂堂正正地讓她們四個人都能夠獲得自己的幸福、完成自己的夢想！」

就像她們都有著自己不可退讓的夢想一樣。

我的夢想——也許從她們與我相遇的那一刻起，就已經決定好了。

「我只是想要說這些，現在我也不會求您認同！但是我會做給您看的！我絕對——會拚死完成給您看的！」

「今天的報告到此結束，再見了，會長！」

接著，在對方還沒說話之前，我就直接單方面地把視訊通話給掛掉。

……

「那傢伙……那傢伙……！」

身穿和服的嚴肅男子此時整張臉因為憤怒而扭曲，手臂青筋暴起，肌肉顫抖著像是隨時都要把某個東西——或是某個人給打爛的樣子。

開什麼玩笑？開什麼玩笑！

竟然當著自己的面……說會讓四個人都幸福？

那個小子算老幾啊！

「——比我想像中的還要有趣呢，那個孩子。」

冷靜的女子聲音稍稍打斷了男子的憤怒，轉過頭去，正好看見一頭銀白色長髮，氣質高冷的女子正一邊喝著咖啡，一邊說道：

「但是，我知道喔……那個孩子肯定會這樣選擇的。」

「我不認同！」男子咬牙切齒。「我怎麼可能認同這種選擇！」

「就算這樣，你也想要說他沒有任何覺悟嗎？」

「唔嗯……！」

「親愛的，你總是以自己認為的方式，替孩子們安排與規劃，並固執地認為那才是她們的幸福……但是她們不是早就已經向你證明，她們以自己的方式找到自己的幸福了嗎？」

「……」

「假如，她們認為那樣的生活就是想要的幸福，那麼無論她們做出什麼樣的決定，我都會支持她們。」

「為什麼……」

「還問為什麼……」女子啞然失笑，隨後說道：

「——因為我是，愛著孩子們的母親啊。」

……

……

——死定了。

當我把通話切掉的那個瞬間，我感受到前所未有的暢快。

這就是電視劇裡面，對著老闆咆哮、大吼大叫的感覺嗎？簡直比想像中還要舒服太多了。

這樣的快感並沒有持續太久。

當原本的感覺慢慢退去之後，緊接著湧上心頭的——就是恐懼跟後悔。

「死定了死定了死定了死定了——我、我剛剛是直接掛斷會長的通話嗎？」

我到底在幹嘛啊！就這麼想要體驗海灣沉底活動嗎！喝酒誤事，喝酒誤事啊……肯定是昨天喝的酒到現在都還沒退，才會做出這種自掘墳墓的事情。

不，話先說在前頭。其實我覺得直到掛掉電話前都還是表現很好的喔？我可是好好地說出我的訴求，好好地把自己的心意跟覺悟傳達給會長了喔？

但是掛電話！掛電話怎麼樣都不能被饒恕吧？嗚哇啊啊啊！

「啊——啊，這下子老爸肯定會暴跳如雷吧。」綾乃姊雙手環胸，一邊調侃。「不過，你比想像中還要勇敢誒，換做是我的話才不敢這麼對老爸說話。」

「哥、哥哥……雫覺得自己已經很敢跟老爸嗆聲了……但是完全比不上哥哥呢。」

「我也是，從來沒看過父親大人這麼生氣的樣子呢。」香澄姊掩嘴笑著說道。

「看看你都做了些什麼啊……這下子，等到會長他們回國，我們兩個可又要到他面前土下座了。」靜子小姐伸出手扶住額頭，一邊搖頭嘆氣。

「……我，應該不會死吧？」

「不一定喔？也許下次練習劍道的時候被會長砍死也是有可能會發生的事。」

「……胃好痛。」

……算了，真的到那一天的時候再說吧。

面對可能會產生的生命危機，我再一次地把煩惱交給了未來的自己。

「那麼！今天可是禮拜六。」香澄姊拍了拍手說道：「機會難得，今天要不要去哪裡走走？」

「啊！說起來，聽說市區的百貨公司正在週年慶，趁這個機會幫你買點東西怎麼樣？就算是你的生日禮物囉。」綾乃姊笑著拉起我的手。

「啊，綾乃妳好狡猾，我也要。」雫抱住我另一邊的手臂說道：「哥哥，這次雫會好好跟哥哥一起逛完整個百貨公司的喔。」

「嗯，反正工作也到一個段落，正好趁這個時間好好放鬆一下。」靜子小姐說：「說起來，我下個禮拜預約了郊區的溫泉旅館，大家可以的話記得空出時間，不然的話……就由我一個人獨占他也不是不行啦～」

「靜子小姐，總是喜歡這樣子偷跑呢。」

「我、我哪有！」

……

我看著正在聊天的四位女性，不禁露出笑容。

是啊，無論未來會怎麼樣，遭遇什麼樣的困難和試煉。

喜歡她們的心情，也不會因此而有所改變。

——在那個夏天，我與她們相遇。

我是為了爭取最後一搏的機會，她們是接受犯錯的處罰。

雖然只是短暫的時間，在整個人生之中不過只是彈指一瞬。

對我而言，卻是無法忘卻的那個夏日。

未來的事情，誰也說不準。夢想的面前，肯定還會有更多的阻礙。

就算是這樣，我要做的事情也從未改變。

……不，或許還是有些改變，但我並不會因此而退縮，而是更好地面對那注定光明幸福的未來。

——因為，我已經不再是一個人。

（全文完）

定價
NT$280
HK$93

傲慢的怪獸公主與名偵探使魔後日談~異星球過勞皇家

谷內悟 / 作者　Oneko、雪蟲 / 插畫

原作遊戲系列Steam銷售突破60萬套！
超人氣國產成人遊戲外傳H小說獨家授權！

與我互許終身的宇宙暴君黛奴，承諾停下腳步，專注治理這顆剛征服的星球，並不時獲得她用完美肉體賞賜的「獎勵」。對美食之都提出的貿易協定有不好的預感，卻錯過了阻止腹黑偶像愛花顛覆商旅自治區陰謀的時機。我該如何逆轉形勢，並讓粉毛雌小鬼（在床上）付出加倍奉還的代價呢？

國家圖書館出版品預行編目資料

夏色四葉草後日談：在那之後的她們 / 慣看春秋作. -- 初版. -- 臺北市：臺灣角川股份有限公司，2025.01-

面；　公分

ISBN 978-626-415-123-8（平裝）

863.57　　113017494

夏色四葉草

後日談 ～在那之後的她們～

2025年1月16日 初版第1刷發行

作者 慣看春秋
插畫 四季
遊戲原作 Connection Game

發行人 台灣角川股份有限公司
總監 呂慧君
編輯 喬齊安
美術設計 許景舜
印務 李明修（主任）、張加恩（主任）、張凱棋、潘尚琪

台灣角川

發行所 台灣角川股份有限公司
地址 104台北市中山區松江路223號3樓
電話 （02）2515-3000
傳真 （02）2515-0033
網址 http://www.kadokawa.com.tw
劃撥帳戶 台灣角川股份有限公司
劃撥帳號 19487412
法律顧問 有澤法律事務所
製版 尚騰印刷事業有限公司
ISBN 978-626-415-123-8